ざっぽん
插畫／やすも

因為不是真正的夥伴而被逐出勇者隊伍，流落到邊境展開慢活人生7

Banished from the brave man's group, I decided to lead a slow life in the back country.

Kadokawa Fantastic Novels

CHARACTER

雷德
（吉迪恩・萊格納索）

因為被踢出勇者隊伍而決定到邊境展開慢活人生。曾立下許多戰功，是除了露緹以外最強的人族劍士。

莉特
（莉茲蕾特・渥夫・洛嘉維亞）

洛嘉維亞公國的公主。傲期結束的前傲嬌，目前沉浸在滿滿的幸福中。

露緹・萊格納索

雷德的妹妹，體內寄宿著人類最強加護「勇者」。擺脫加護的衝動後，在佐爾丹兼職當藥草農家與冒險者，過著快樂的生活。

媞瑟・迦蘭德

擁有「刺客」加護的少女。身分是殺手公會的精銳殺手，但現在暫時停工，與露緹一起準備開間藥草農園。

亞蘭朵菈菈

能夠操縱植物的「木之歌者」高等妖精。與黎琳菈菈約在七十年前是死對頭。

蕾諾兒・渥夫・維羅尼亞

維羅尼亞王國的第二王妃。以鍊金術維持著少女般的外貌。是位將米絲托慕流放，並且和雷德有過一段因緣的惡女。

米絲托慕

擁有「大魔導士」加護的老婆婆，真實身分是遭到維羅尼亞王國流放的米詩斐雅王妃。

黎琳菈菈

擁有「海賊」加護的高等妖精。維羅尼亞王國的海軍元帥，也是妖精海賊團的前船長。為了搜索米詩斐雅王妃而來到佐爾丹。

序章

儘管如此，這個世界需要勇者

貨物帆船棕鴞號正在阿瓦隆大陸南部沿岸航行。

聯合軍在大陸西部和魔王軍交戰，這艘船理應要為聯合軍運送物資。

然而，這艘船不會完成那個任務。

全身插滿箭矢、流血倒臥的船員屍體散落在甲板上。腰間垂著短彎刀的男人們，也正從船員屍體中搜刮值錢的物品。

棕鴞號周遭揚起海賊旗的槳帆船有三艘。

這艘船受到了襲擊。

船長荷列斯男爵為了保護貨物，拿起長劍挺身擋在襲擊者們面前。

「混帳海賊！這些物資要供應給對抗魔王軍的士兵們，你們竟然敢來搶，真是不知羞恥！」

聽到他這番話，襲擊者中的一個男人面露賊笑。

「哈！阿瓦隆尼亞王國的騎士果然厲害，連講的話都不一樣。這種時候應該要求我們放過你，饒你一條小命才對吧？」

「你們這些海賊沒有半點尊嚴！就由我來制裁吧！把劍拔出來！」

荷列斯男爵激動地衝向海賊，這時海賊的背後射來無數箭矢。

荷列斯男爵全身中箭，一邊噴血一邊倒下。

「哼哼，這種狀況怎麼可能正正當當地跟你打呢？」

襲擊者向前行進，踩過發出呻吟、正逐漸失去生命的荷列斯男爵。

「可、可惡的維羅尼亞……」

聽見荷列斯男爵虛弱無力的聲音，海賊笑出聲來。

「如果我說是維羅尼亞派來的，困擾的只會是你們吧？畢竟你們還在跟魔王軍戰鬥，不可能對維羅尼亞發起戰爭嘛！這場交易真是太輕鬆了。」

海賊說出這番話，想要看看荷列斯男爵會有什麼反應，然而——

「唉呀，已經死啦？」

海賊彷彿覺得十分無趣而聳了聳肩。

「好了，兄弟們！快點把東西都搬過去！」

「好耶——！」

維羅尼亞王國僱用的海賊們接連搬走本應用來抵禦魔王軍以保護人民的物品。

對於維羅尼亞王國的海賊行為，聯合軍儘管增派軍艦加以護衛，但他們面對的可是海軍戰力和造船技術都在阿瓦隆大陸居於頂點的國家。

犧牲的船隻為數眾多。

由於犧牲陸續增加，各國貴族與大司教對於維羅尼亞王國的義憤也是日漸增長。

人類與人類之間的戰爭遲早會展開，軍方上層也無計可施。

能夠解決這個問題的，只有不屬於任何一國、只為世界而戰的英雄。

這個世界需要「勇者」。

第一章 今天下雨，明天泡澡

佐爾丹平民區，雷德&莉特藥草店——

「唉呀，這雨下得可真大啊。」

我看著敲打窗戶的雨水說出這樣的話。

今天店裡休息。我本來還跟莉特一起做了兩人去野餐的準備，但雨下成這樣，看來我們只能打消念頭了。

「唔——」

莉特不甘心似的透過窗戶仰望一片黑的天空。

「死心吧，莉特。我們贏不過天氣。」

「要是我像亞蘭朵菈菈那麼會用魔法就好了！」

「亞蘭朵菈菈不會為了這種小事就使出操控天氣的魔法喔。」

亞蘭朵菈菈不喜歡對植物造成影響，所以不想隨意操控天氣。

艾瑞斯在某種程度上好像也能操控天氣……但亞蘭朵菈菈也曾跟艾瑞斯吵過架，叫他不要隨便亂用魔法操控天氣。

當時是我去勸架的……不過我真希望他們兩個別再吵架。

他們兩個吵架的規模十分誇張，連時常引起爭端的達南都會覺得：「他們兩個好歹顧慮一下四周的人吧！」而退避三舍。

「你的眉頭好像皺起來了喔。」

莉特把手伸向我的臉，在我的太陽穴四周揉了揉，幫我按摩起來。

「放輕鬆、放輕鬆。」

「謝謝妳，莉特。我已經沒事嘍。」

莉特「嘿嘿嘿」地笑了出來。

這也讓我覺得：儘管經歷過一段艱辛的旅程，只要能讓她持續露出這張笑容，之前再怎麼辛苦都不足掛齒。

莉特實在太惹人憐愛，讓我湧起一種想用兩手緊緊將她抱住的衝動。

於是，我緊緊地抱住她。

「哇！怎麼突然這樣？」

「我突然好想抱住莉特。」

莉特也像是在回應我一般，用雙臂緊緊抱住我的身體。

我們就這樣子聽著雨聲，互相抱緊對方一段時間。

「那我們今天找個地方逛逛吧。」

我們互相擁抱到有點出汗後，莉特這麼一說。

「但雨看起來不會停喔？」

看向窗戶便發覺雨勢完全沒有轉小的跡象，還在一直下。

莉特雙臂環胸，「唔──」的一聲發出低吟。

雖然這沒什麼關聯，但莉特兩手環胸之後，胸部的存在感頓時變得十分突出。

「雖然一時想不到，可是要我因為下雨就放棄跟雷德約會，讓我很不甘心！」

看來今天的莉特有著不想輸的心情。

莉特一邊在店裡徘徊，一邊深思著什麼。

我面帶微笑地看著她那樣的行為，也一起思考要怎麼跟莉特度過今天。我往窗外一看，便發覺有幾個平民區的小孩在雨中邊嬉鬧邊行走。

「對了。」

看著其中兩個行走的小孩，我用一隻手的拳頭敲響另一隻手的掌心。

「今天就一起散步吧。」

＊　＊　＊

訴說冬季即將結束的雨滴很冷，我們呼出來的白色氣息消溶在雨水之中。

「應該只會再冷個幾天吧。畢竟去年是開始下雨之後，氣溫就漸漸升高。」

「嗯。」

「這個懷爐也快要沒辦法再拿出來賣了啊。我們得想想適合春天的東西，當成新商品來賣才行。」

「嗯。」

莉特從剛才就一直紅著臉，微微低著頭。

她用方巾遮住笑顏逐開的小嘴，眼神三不五時就往我這邊瞥一眼。

「不過，莉特有拿雨傘過來真是太好了。」

我這麼對她說並笑了出來。

我跟莉特正在雨中散步。

我們倆都沒有穿上用來擋雨的大衣，而是身穿平常的便服。

相對地，我的左手拿著一把很大的雨傘。

我們用來當作雨具的傘，跟一般的傘很不一樣。

這把傘的傘布很耐用且塗上了蠟，基本上是貴族為了讓侍者攜帶所使用。

「嗯，沒想到雨傘竟然會有令人這麼幸福的用法。」

莉特儘管害羞，還是看起來很高興地輕聲嘀咕。

我和莉特在同一把傘底下摟著雙臂，身體靠在一起行走。

剛才看到在街上奔跑的小孩拿著很大的葉片遮雨，兩人的身子還一起貼在葉子底下，於是我也想做做看類似的行為。

儘管如此——

這樣走在路上的確有點難為情，但是我總覺得今天的莉特好像特別害羞。莉特沒有主動向我搭話，就算我對她說話也沒辦法讓對話持續下去。

不過她全身上下都散發著「好開心」的氣息。

「啊——莉特，要不要找間店進去休息一下？」

「我還想要再跟你走一陣子。」

「知道了。」

她果然很喜歡這樣撐著傘。

而我當然也很喜歡。

像這樣走在寒冷的雨水中，我很明確地感受到莉特的溫暖從相互碰觸的身體傳了過

來。因為下的是傾盆大雨，我們的步伐自然走得很慢。

我們用差不多平常一半的速度，悠哉地走在習以為常的路上。

莉特把身體緊緊地靠在我身上。

「呵呵呵……好幸福喔，我真的好幸福。竟然能像這樣跟雷德一起走在雨中，真的是幸福得不得了。啊啊，討厭，雷德就是這種地方很狡猾。我好喜歡你。」

「唔！」

我原以為她害羞到說不出話來，沒想到忽然來一記猛攻。

這可是直搗要害的致命一擊。

要不是莉特支撐著我，我應該膝蓋一軟就倒下去了。

原來如此，她是因為覺得很幸福才不太說話。

我也不再說些什麼，只是和她一起行走。光只是聽著雨聲，感受專屬於我們兩人的時光就足夠了。

＊　＊　＊

隔天早上——

第一章
今天下雨，明天泡澡

下到晚上的雨勢已經停歇，美麗的藍天一望無際。
我把店交給莉特，來到露緹的藥草農園。
「呼。」
我用毛巾擦掉脖子上的汗水。
現在雖然是冬天，在玻璃外牆的溫室裡工作還是會流很多汗。
「哥哥，這邊處理好嘍。接下來要做什麼好？」
看來露緹做完工作回來了。由於她的臉頰被泥土弄髒了，我便用毛巾幫她把髒汙擦拭乾淨。
「嗯。」
露緹瞇起眼睛，看起來很開心地露出微笑。
「辛苦妳了。再來就只剩這一區了吧。我想這樣就可以完全去除冷黴菌了。」
「太好了。」
對於侵襲露緹農園的冷黴菌，處理到這裡也告了一段落。
我也調查了土裡的狀況，土裡已經沒有肉眼可見的冷黴菌了。
枯萎的藥草也都恢復精神，搖擺著綠色的新葉。
「好，那就把剩下的地方做完吧。」

「嗯，我從另一端開始做喔。」

「兩個人一起做的話，大概還要十五分鐘吧。」

「我會努力。」

露緹在胸前握緊雙拳，一副充滿幹勁的模樣往另一端跑去。

這舉動不禁令人會心一笑。我也得好好努力才行。

＊　＊　＊

我們工作結束之後，來到溫室外頭。

「真冷耶。」

我隨口說出這句話。儘管冬季短暫的佐爾丹冬至已經過了，走在外頭還是感受得到寒意。

在溫室裡頭工作到流汗，感覺就更冷了。

「哥哥，我家的浴池很豪華，天氣冷的時候可以來我家玩喔。」

「浴池啊。」

我們一邊聊著這些，一邊走向農園旁邊全新搭建的倉庫。

這座倉庫昨天才剛完成。裡頭除了設有架子的倉儲間外，還有附暖爐的小廚房、休息區與洗手間。

「露緹大人、雷德先生，兩位辛苦了。」

媞瑟正在裡頭處理文書工作。

「媞瑟也辛苦了。」

媞瑟站起身子，接著幫我們在杯子裡注入放在暖爐上保溫的熱水。

「好溫暖。」

露緹臉上浮現笑容。身體受寒的時候，喝個單純的熱水也滿舒服的。

「冷黴菌的問題都處理完畢了嗎？」

「對，已經沒問題了。」

媞瑟安心似的笑了出來。

這時傳來了幾下敲門聲。有門的倉儲間和休息區之間並沒有牆壁。只要站起來就能馬上走到門邊。

「來了。」

我把門打開之後——

「哦，沒想到這裡頭蓋得挺漂亮的嘛。」

「米絲托慕婆婆。」

站在門外的是前佐爾丹市長，上一代B級冒險者。

同時也是過去的維羅尼亞王妃，「大魔導士」米絲托慕婆婆。

「可以叨擾你們嗎？」

「請進。」

露緹在我身後回答。

我把米絲托慕婆婆帶往椅子那邊。

「我坐一下。唉，天氣冷的時候腰就是沒勁啊。」

「登上『世界盡頭之壁』的人說出這種話，可沒什麼說服力喔。」

「那只是我想在年輕朋友面前表現得亮眼一點罷了。」

米絲托慕婆婆這麼說並咯咯笑，然後表情變得十分嚴肅。

「來自中央教會的聯絡到了喔。」

「還真快耶。雖然曾經聽說戰時體制下有加強聯絡網就是了。」

「似乎沒有傳到萊斯特沃爾大聖砦的克萊門斯教父那邊。這是從阿瓦隆尼亞的教會捎來的。」

米絲托慕婆婆把已經開過的信封遞給我。

我和露緹、媞瑟一起攤開信紙閱讀內容。

「我看看……無法容許維羅尼亞王國的無法無天，那個國家又背叛了神，與魔王為伍，已經無福消受神的愛與救贖。我等樞機卿團身為神的忠實僕人，已經認定維羅尼亞國王葛傑李克是至高神戴密斯的敵人，並且會向克萊門斯教父如此進言。請安心等待願神的愛與你們同在……這樣啊。」

「超乎預料。」

露緹一臉難色，我也不禁咬緊了牙根。

維羅尼亞王國的薩里烏斯王子以及高等妖精黎琳菈菈將軍率領的槳帆船，現在仍然停泊在佐爾丹附近的外海。

我們把要來抓露緹的高等妖精刺客抓了起來，也對盯上米絲托慕婆婆的殺手們加以反擊，本來以為對方會有什麼動作，但目前仍處於膠著狀態。

「儘管我期待教會能收集情報跟給予壓力，不過由我方主動開戰實在太過頭。這可不是在佐爾丹打一打就能解決的事情。」

「說得沒錯。現在也還在跟魔王軍交戰，根本沒有籌碼來增加開戰的對象。」

對於我和媞瑟所說的話，米絲托慕婆婆點點頭。

「原來如此。我來佐爾丹之後過了很長一段時間，所以對中央的情況沒有那麼了解。不過從你們的角度來看，這樣的行為果然也十分魯莽呢。」

「太魯莽了。我想這只是一部分的樞機卿太衝動，可是教會如果帶起這樣的勢頭，貴族跟民眾也會失去理智。」

「還真麻煩呢。」

米絲托慕婆婆嘆了一口氣。

「只能讓席彥司教跑一趟了。」

深思了一陣子的露緹如此斷言。

「假如佐爾丹教會的當事人席彥司教去說服，樞機卿也會失去開戰的理由。」

「席彥那傢伙好像不喜歡離開佐爾丹，不過也只能請他幫忙了。」

「而且，與其要他去幫選擇旁觀的教會紓解壓力，單純讓他去施加壓力、令人不敢引起戰爭還比較有機會。」

露緹講了這樣的話，儘管她的語氣聽起來很正面……她語調的微妙變化只有我跟媞瑟聽得出來。

「的確，事情都是一體兩面，端看怎麼看待。」

米絲托慕婆婆點了好幾次頭。

「謝謝。你們真是厲害，來找你們談果然是對的。」

向我們答謝之後，米絲托慕婆婆又從懷裡拿出別樣東西。

她放在桌上的是一本書。

「這是？」

「我在倉庫裡找了找，便發現以前的日誌。因為想說你們對暗黑大陸應該會有興趣，於是就拿過來了。」

「這是暗黑大陸的航海日誌嗎！」

「這是我受你們照顧的回禮，希望至少能幫你們打發時間。」

「這話太客氣了！我對這本日誌很有興趣！」

「喜歡的話就太好了。那麼，我就先跑一趟，去找席彥那傢伙了。」

米絲托慕婆婆說完，便離開了倉庫。

「好想看看內容喔，晚一點要不要一起看？」

「嗯，我要看……可是……」

露緹小聲嘀咕。她聰穎的紅色眼眸看向我，然後微微點了點頭。

「應該要先清潔髒掉的身體才行。」

「嗯，確實被泥土弄髒了不少。」

「哥哥，我們先去洗澡吧。」

露緹的眼神無比認真。

＊　＊　＊

露緹居住的宅第設有浴場。
想當然耳，那個浴場很大，我家的浴室根本就比不上。
「哥哥，你可以先去洗喔。」
「不，露緹妳先洗啦。不然一直都髒髒的，不太舒服吧？」
「我會洗比較久，所以哥哥先洗會比較有效率。」
「這樣啊，我知道了。」
既然露緹都說到這個地步了，我就老老實實地先進去洗吧。
我對露緹點頭之後，便站起身前往浴場。
我脫下衣服打開門。
「哦，是岩浴池啊。」
露緹的住所原本是佐爾丹貴族的宅第。
佐爾丹的貴族都住在城鎮裡頭，不會住在自己的領地……說是領地，其實也只是村子或聚落，或者差不多被未經處理的溼原所占滿的小塊土地。

貴族會麻煩親戚或是僱用他人長駐領地代為管理，將營運領地的權限交託給管理人。我坐到椅子上之後，就用盆子裝起瓶內儲存的熱水，把汗水跟泥巴沖掉。

接著用毛巾將肥皂搓出泡泡清洗身體。

「呼。」

清洗因工作而弄髒的身體實在很舒服。

「哼哼哼──♪」

我不禁哼起歌來。

喀啦！

我聽見拉門被打開的聲音。

露緹站在門邊一絲不掛，而且沒有要遮掩身體的意思，就那樣正大光明地現身。

「露、露緹，怎麼了？」

「？」

對於慌張的我，露緹顯得一臉疑惑。

「我有說過要洗澡啊。」

回想先前的對話之後，確實會發覺露緹從來沒有說過我們要分開洗。

就在我煩惱時，露緹將熱水從她頭上沖下，隨即抖動身體甩開水分。

她那樣的動作讓我聯想到貓咪，令我不禁放鬆心情。

嗯——就這樣一起洗澡的話好嗎？沒關係吧，畢竟我們是兄妹。

我停止煩惱、接受現況的時候，露緹對我說：

「哥哥。」

「怎麼了？啊，要肥皂嗎？」

「不是。」

露緹以蘊含強烈意志的紅色眼眸注視著我。

怎、怎麼回事？

最近露緹也變得會好好傳達自己的主張，讓我感到很高興；但今天的露緹和之前不太一樣。

「哥哥。」

「嗯、嗯。」

「你還記得我們以前一起泡澡的時候嗎？」

「當然嘍，那個時候的露緹很嬌小呢。」

她說的是我們故鄉村子裡的大鐘浴桶吧。

那本來是村子教會用過的大鐘，壞掉之後就由村裡的冶煉師修理，拿來當成共用浴場。說是這麼說，但那個大鐘的尺寸沒辦法讓大人在裡面好好放鬆，就成了專門給小孩泡的浴桶。

一般來說是家長會陪著去泡，不過小時候的露緹有著「勇者」加護的特異之處，家長也都覺得她令人不舒服，所以都是我抱著露緹去泡澡。

露緹會緊緊抓住我的肩膀享受泡澡呢。

那個時候的露緹也好可愛啊。當然啦，現在的樣子最可愛。

「我來到佐爾丹，做了很多自己想做的事情……這樣會很任性嗎？」

「這是好事喲。無論是誰，都有權利去實現自己想做的事、自己期望的事。露緹妳想要像一般人一樣生活也不算什麼任性，只不過是小事一樁。妳可以儘管多要求一點沒關係。」

「這樣啊……謝謝。還有，我想要再任性地要求一件事。」

在浴場裡嗎？

「我以前個子很小，所以做得不好。不過我覺得現在可以好好地做到。」

這次換我搞不懂她想說什麼了。

露緹突然把臉湊近到我面前，我的視野裡盡是露緹紅色的眼眸。

「現在的話，我就有辦法好好地幫哥哥洗身體。」

「咦？」

「那時我不但沒有力氣，也不知道要怎樣洗才會乾淨。我只幫你洗過背後之類比較寬廣的部分，完全不曉得要怎麼洗。」

啊，說起來的確是這樣呢。

雖然那時都是我幫露緹洗身體，不過後來露緹會模仿我的動作，反過來想要幫我洗身體。

當時那種情況的確很難說她洗得很好。不過露緹用小小的手拚命努力幫我洗澡的模樣很可愛，對於我充滿艱辛的孩提時代來說，是很貴重的療癒來源。

「所以我想要重新來過。」

原來露緹很在意當時沒有好好幫我洗的事啊。

「我知道了。這樣的話，那我就拜託妳嘍。」

「嗯，你面向那邊。」

我如露緹所說，將背後朝向她。

露緹拿起海綿，從我背後開始刷洗。

「嗯……」

讓別人幫忙洗身體，真的有種難以言喻的舒服感。

雖說露緹果然還是洗得不太拿手，仍然非常努力地洗到我的腋下還有指尖。

「唔呼。」

露緹的指頭撫摸到我的側腹時，我覺得癢癢的而不禁發出聲來。

露緹有點慌張地放開手。

「會癢嗎？」

「嗯，不過沒關係。」

「唔。」

露緹凝視起自己的手，面露出疑惑的表情。

她將海綿抵上自己的側腹，好像在思考要怎麼洗比較好的樣子。這樣的舉動也很可愛。露緹確認了幾次之後微微地點了點頭，然後又回到清洗我身體的流程上。

她平常的行為超乎常人，卻也有著這種有點少根筋的一面，該說這種落差會讓我當哥哥的心情有所波動嗎。也就是說，她很可愛啦。

「呵、呵呵……」

「？」

看著忍不住笑出來的我，露緹或許以為我又覺得癢了，於是停下動作。

然而，她看到我的表情之後，應該也了解到我是因為高興才忍不住笑出來。露緹的嘴角浮現笑意，用搓出泡泡的肥皂跟毛巾清洗我的身體。

身體洗好之後，我們進入浴池泡到肩膀高度的位置。露緹顯得心蕩神馳，並且嘆了一口氣。

阿瓦隆大陸的許多居民都很喜歡也很享受這一瞬間，而露緹也能理所當然地一起享受，讓我感到非常開心。

「好溫暖喔。」

「因為在泡澡啊。」

露緹住的宅第浴池很大，但我們還是肩並著肩坐在一起。

「我沒想過這輩子還有機會像這樣跟哥哥一起泡澡。」

露緹閉上眼睛，臉上浮現微笑並這麼說。

「妳覺得佐爾丹的生活怎麼樣？」

「很幸福。」

露緹的聲音很平穩。那是還在旅行的時候難以想像的語氣。

「可以隨時跟哥哥見面、可以在冷的時候說我覺得冷、可以泡澡溫暖身子沉浸在好心情裡頭、可以吃到哥哥做的美味料理，還交到重要的朋友——非常溫柔、強大又可靠的媞瑟和憂憂先生。只有在我要守護自己珍視的小小世界、在我以自己的意志戰鬥的時候才需要持劍。我努力的話就會像一般的冒險者一樣受人感謝，無論是誰看到我都不會害怕。能在夜晚睡覺，早上跟著朝陽一起醒來，也能夠流汗。而且啊，哥哥——」

露緹把臉湊近到我面前，她的紅色眼眸泛起些許淚光。

「看到我的藥草枯萎的時候啊，我好害怕。」

這麼說完後，露緹的雙眼就溢出淚水。

「這就是鬆了一口氣的感情吧！」

出生時被奪走恐懼這種情感的露緹，深刻地體會到藥草平安無事所帶來的喜悅。她顫抖的聲音確實包含了生動的情感。

「藥草都沒事真是太好了呢。」

「嗯！」

看見她這副表情，我不禁再次覺得：能夠成為露緹的助力真是太好了。

＊　＊　＊

洗好澡之後，我在宅第大廳弄了兩人份的咖啡牛奶。

在泡得比較濃的咖啡裡頭加入大量的砂糖。

然後再摻進牛奶就完成了。我喜歡的比例是牛奶四，咖啡糖漿一。

雖然簡單但又甜又香醇，很好喝。尤其在出浴之後喝的話，應該是數一數二好喝的飲料了。

露緹喝下一口咖啡牛奶，接著目光炯炯地一口氣喝掉一半。剩下那一半就像怕浪費似的，她一點一點地慢慢喝。這行為跟她小時候沒兩樣。

「要再來一杯嗎？」

「嗯。」

露緹取回手中的幸福，對於和她在一起的我來說也是幸福。

我們兩人一邊發出笑聲，一邊喝下咖啡牛奶。

「嗯，我補充到哥哥成分了。」

「哥哥成分？」

「讓不再當『勇者』的我努力下去所需要的成分。和『勇者』不一樣，不是不好的東西。」

雖然我聽不太懂，既然能讓露緹提起幹勁，那麼一定是好事吧。

「話說，關在這棟宅第地下的高等妖精們還是跟之前一樣嗎？」

「嗯。」

「我察覺到有人在調查我們的事，還以為他們會趁宅第沒人的時候帶回去呢。」

露緹也點點頭。

「要是帶得回去的話，帶走也沒關係就是了。」

如果有這種打算，對方也會採取什麼動作吧。我們這邊已經收集到需要的情報了，對方要是有什麼行動倒是相當歡迎。

「還有啊，露緹住的宅第有其他男人在，總是讓我靜不下心。」

「……這樣啊。」

露緹微微低頭，嘴角帶著笑意。

我被她取笑了。是因為剛才那樣講有點保護過頭的關係嗎？

露緹收回放鬆的表情之後，接著繼續說：

「不用擔心。雖然還有教會失控這種令人不安的要素，但佐爾丹的狀況並不差，我們在交涉上占的優勢比較多。」

露緹不只戰鬥能力很強，判斷力也相當出類拔萃。

她絕對不是單靠加護的力量與魔王軍戰鬥。

所以我才能放心把這起事件交給露緹處理。

「露緹果然很可靠呢。」

「嗯，交給我吧。」

露緹同意我話語的模樣，對我來說真的十分令人驕傲。

事件就交給露緹處理，而我就看看米絲托慕婆婆給我的航海日誌吧。

葛傑李克和黎琳菈菈的海賊時代，以及在暗黑大陸的冒險。

雖然不知道能不能在這次的事件上有所幫助，我對這本讀物十分感興趣。

＊　＊　＊

同一時刻，佐爾丹外海——

「小、小的認輸！」

劍被打到地上的士兵忍不住叫出聲來。

「哈哈哈，看來我的實力也變強了嘛？」

皮膚曬得黝黑的薩里烏斯王子露出白牙，得意洋洋地笑了出來。

薩里烏斯王子將他愛用的短彎刀擱在肩上環顧四周。

「陸地就在眼前卻不能下船，真的讓我越來越憤懣了啊！怎麼樣，還有其他人想練練身子嗎？大鬧一場的話，心情也會舒坦些喔。」

聽了薩里烏斯王子這番話，士兵們開朗地笑出來，討論要由誰來上場。

這時，一道澄澈的聲音插了進來。

「接下來由我當你的對手吧。」

薩里烏斯王子的笑臉頓時僵住。

士兵們慌忙整隊，以立正不動的姿勢迎接戴有眼罩的單眼高等妖精。

「怎麼，不繼續鬧了嗎？」

「是、是的，小的知錯！」

士兵們一邊冒冷汗一邊高聲大喊。

「找他們來的人是我，妳別對他們擺出那種可怕的表情。」

薩里烏斯王子聳肩說道。

高等妖精……黎琳菈菈瞪著王子並接著說：

「你可別忘了這裡是敵人的地盤。」

「沒人忘記啊，大家都是優秀的士兵。只要衛哨敲響鐘聲，所有人都會從醉意清醒過來，立刻回到自己的崗位上。」

「敢在我的船上搞到爛醉的話，就等著被我打進海裡……算了，那不重要。」

黎琳菈菈拔劍擺出架勢。她拿出來的並不是短彎刀，而是樣式古樸的長劍。

手上則穿戴著散發綠色光輝的手甲。

薩里烏斯王子看到黎琳菈菈的裝備便皺起眉頭。

「都是珍藏的兵器呢。」

「因為我有點想拿出真本事了。」

「哈哈……妳果然在生氣嗎？」

王子繃著臉，同時持劍擺出架勢。

兩人對戰時似乎都是使用著重實戰的海賊劍術，而他們也符合這種劍術的作風，沒有觀察對手便立刻踏步揮劍。

鏗——！

尖銳的金屬聲響起，薩里烏斯王子的劍被擊落而彈向一邊。

就在王子沒有站穩身子的時候，他脖子後方恰好被黎琳菈菈的長劍抵住。

「……呼，我投降。」

「訓練不夠，再去做防禦訓練左右各三千次。還有在旁邊看的水兵，你們也跟著一起做。」

薩里烏斯王子和士兵們都發出慘叫。

黎琳菈菈雖是以薩里烏斯王子副官的身分乘上這艘船，但所有人都知道誰才握有主導權。

「唔嗯。」

黎琳菈菈望著開始訓練的薩里烏斯王子等人，確認起裝備的手感。

那是會將祖先們的劍術賦予自身的手甲「劍術手甲（Gauntlets of Swordsmanship）」以及蘊藏風魔法的長劍「妖精之悲嘆（Elven Sorrow）」。

兩者都是只有高等妖精才能使用的魔法兵器。

在這艘長久以來都由黎琳菈菈率領的精兵船上，能夠贏過那群精兵的薩里烏斯王子也是足以稱作劍術高手的劍士。

在這個佐爾丹有辦法和薩里烏斯王子打得不相上下的劍士，大概除了雷德一行人以外再無他人。

不過對於身穿魔法兵器的黎琳菈菈來說，薩里烏斯王子的劍術一點效用也沒有。

「儘管很久沒用了，看來沒有問題啊。」

她已經透過和薩里烏斯王子之間的模擬戰確認了手感。

就算要立即上陣戰鬥，想必也沒有問題。

使用這個裝備的時候，黎琳菈菈絕對不會輸給任何人。

「即使如此，我還是會瞄準弱點，毫不留情。」

黎琳菈菈輕聲嘀咕，離開仍在拚命訓練的薩里烏斯王子等人左右。

幕間

米詩斐雅的航海日誌

航海日誌。米詩斐雅・渥夫・維羅尼亞記錄。

五月十七日，暗黑大陸港城吉爾加蘭。

我、葛傑李克與黎琳菈菈從大白天就在酒館喝酒。

碗裡盛的是以馬奶為原料的酒。

「一開始還想說這酒喝起來跟小便一樣，但是像這樣喝了很多次之後啊，就會覺得其實還滿好喝的嘛。」

我們在暗黑大陸持續著海賊行為，不過最後剩下來的葛傑李克的船隻毀損得很嚴重，到了沒有辦法長程航海的地步，所以我們才會淪落在這種地方。

沒有什麼比失去船隻的海賊更悽慘。

「我可是有計畫的，所以才會來到這間酒館……哦，說人人到！」

葛傑李克提高音量。

「錫桑丹！格夏斯勒！朱葛拉！」

現身的是三名阿修羅惡魔。

他們是和魔王撒旦率領的魔王軍對立的反叛者——阿修羅惡魔之中的戰士。

「看來你們挺順利的嘛。」

錫桑丹面露賊笑。葛傑李克把酒倒進碗裡，接著遞給錫桑丹。

「先喝再說，這裡可是酒館。」

「這倒是。」

錫桑丹接下葛傑李克給他的碗後，便把白濁的馬奶酒一口乾掉。

「這不是蒸餾酒啊？」

「啊？我可沒說過有那種東西喔？」

「我看你被當成身無分文了吧。」

阿修羅惡魔們忍不住偷笑。葛傑李克看似不滿地怒吼，呼喚店員過來。

「喂！你這傢伙！我不是叫你把店裡最好的酒拿來嗎！」

「呃，那種酒也很好，有益身體健康。」

「你這渾球搞什麼鬼！哪有人喝酒的時候還會考慮將來的事！」

葛傑李克大聲地吵吵嚷嚷。

黎琳菈菈和錫桑丹看到他那副模樣都笑出聲來。

格夏斯勒和朱葛拉一邊苦笑一邊把暗黑大陸的金幣拿給店員。

後來端上來的是透明無色的蒸餾酒，和酒一起端來的則是裝了水的小壺子。

「搞什麼啊，這樣子不就分不出哪個才是酒了嗎？」

葛傑李克這麼說的同時把新上桌的酒倒滿容器，接著一口氣喝乾。

「！」

葛傑李克整張臉都皺了起來。看來那是一種很烈的酒。

他那副模樣讓朱葛拉不懷好意地竊笑。

「葛傑李克，這是要摻水喝的。」

格夏斯勒這麼說之後，便把酒倒進碗裡再摻水。

「啊！」

我驚訝地叫了出來。因為原本呈現透明無色的酒跟水混在一起之後，變成了白濁的液體。

「客人這麼吃驚還真是令人高興呢，請各位慢用。」

店員這麼說並低頭行禮後，便去招呼其他客人了。

我也喝了一口看看。這種酒似乎也是馬奶酒的一種，帶有一點酸味。

雖是烈酒卻很好喝。

「不過喝這種酒感覺會燒到喉嚨啊，在喉嚨不行之前先講正事吧。」

「好啊。」

我們確認周圍沒有其他人，於是接著談下去。

「我確認過你們從魔王軍那邊搶來的武器了，數量很夠。」

「既然如此——」

「我們也拿到了說好的東西。」

錫桑丹拿出平面圖。

「這是魔王船文狄達特的所在地以及船塢的平面圖。」

「這就是……」

「我的部下格夏斯勒和朱葛拉也會跟你們走，奪走魔王船之後，直接帶去你們的大陸也沒關係。只要你們的計畫成功，對我們的戰役也會有很大的影響，他們倆就隨你們使喚吧。」

「這樣真不錯！手下有阿修羅的話，便能增加不少威信。」

格夏斯勒和朱葛拉看到葛傑李克悠悠哉哉的模樣不禁面面相覷。

「阿修羅不怕死。但人類不一樣吧？要去搶奪魔王船根本沒有勝算，要停手就得趁現在喔。」

面對口氣像在試探我們的朱葛拉，我把眼前的碗抓起來一口氣喝乾，再把碗用力放回桌上。

「眼前有寶物還嚇得逃跑的話，哪可能當上海賊啊！」

聽到我說出這番話，葛傑李克「咯哈哈哈！」地拍膝大笑。

第二章 與黎琳菈菈決鬥

中午過後，雷德&莉特藥草店——

「我出門了。」

「路上小心。」

和莉特如此互相打過招呼之後，雷德便拿著裝有藥物的背包出門了。

他這趟要為南沼區的一間診所送藥。

由於海路被黎琳菈菈的船所封鎖，因此藥物的流通也漸漸減少。

雖然狀況還不嚴重，但藥物的價格已經受到影響。對於收入並不富裕的診所來說，這是攸關生死的問題。

這時有辦法從山上收集到大量藥草、價格也沒有變動的雷德&莉特藥草店收到的訂單就變多了。

儘管店裡的營業額有所成長，雷德常常去送貨的狀況讓莉特覺得有點寂寞。

啪嘰。

「咦？」

聲音是從雷德的茶杯發出來的。仔細一看便能注意到木製的茶杯出現了裂痕。

莉特想說那杯子根本沒有掉在地上，而把雷德的茶杯拿到手上確認。

「明明連碰都沒碰，竟然裂開了。」

茶杯上有道很大的龜裂，恐怕再也沒辦法像之前那樣倒茶進去了。

「雷德。」

莉特腦海裡浮現剛出門的雷德身影，同時皺起眉頭。

然後她閉上眼睛。

「木質修復。」

莉特回想杯子原本的形狀並結印施展魔法，接著她手上的茶杯就完全恢復原樣。

「這樣就好了！」

莉特帶著好心情，為了洗杯子而一邊哼歌一邊前去廚房。

＊　＊　＊

外頭十分溫暖。今天早上本來還很冷，現在卻像是春天一樣的好天氣。

我在沒什麼人煙的路上行進。

「啊，幸運草開花了。」

看到在路邊綻放的小小白花，我感到懷念。

我小時候好像曾經為了露緹而做過花圈。

找個時間再做做看好了……以她現在的年紀，看到花圈可能不會感到高興了吧？

想著這種事情的時候，我偏離往常的道路，朝著殘留在城裡的森林前進。

我把手放到佩在腰際的銅劍劍柄上頭確認手感。

雖說這座森林並不大，進入深處之後便十分安靜，令人忘記這裡還在佐爾丹裡頭。

我把揹在肩上的醫藥箱放到地上。

「好了……到這裡就行了吧？」

我沒有隱藏厭煩的情感，以帶刺的語調這麼說。

聽到我說的話，戴著眼罩的高等妖精女性從樹木的陰影處現身。

她的兩手穿有散發美麗綠光的鋼製手甲，腰際則佩戴具有妖精劍飾的長劍，而那把劍就收在有著鑲金裝飾的白鞘之中。

「妳跟蹤我有什麼目的？我只是個賣藥的而已喔。」

「一個賣藥的怎麼會察覺我隱藏氣息在跟蹤你，還想要一個人跑進森林裡頭來做個了結呢？」

「妳明明就刻意露出破綻讓我發覺，還敢這麼說啊。」

我這番話讓高等妖精對我投來銳利的目光。

「原來你敏銳到這種地步啊？」

我明確感受到混合了戒心與鬥志，屬於技藝高強的戰士特有的壓迫感。

「妳就是黎琳菈菈嗎？」

「天曉得。」

戴眼罩的高等妖精之中，能讓我感受到壓迫感的戰士不可能還有別人，然而黎琳菈菈只是微微歪曲嘴角在那邊裝傻。我沒想到黎琳菈菈會親自出馬。

她想必對自己的實力充滿自信，而且也知道用上最強戰力來痛擊敵手，便能把損害壓在最小程度。

「那我問你，說得出這些的你又是何方神聖呢？」

對於黎琳菈菈銳利的話語，我聳聳肩後回答：

「藥店老闆雷德，人畜無害的普通人。」

「哪有普通人會像你這樣。」

「要當個普通人應該沒什麼條件吧？」

隨口回應的同時，我們之間的距離一步接著一步縮短。

枝葉受風吹拂，林木彷彿在細聲討論到底是誰會贏一樣地沙沙作響。

「那妳找我又有什麼事？」

「你就老實點跟我走一趟吧，這樣我就不會取你的命。」

「就算海賊說會留我一條命，我也不太可能相信啊。」

「我已經沒在當海賊了。」

黎琳菈菈停下腳步。

「你無論如何都不打算投降嗎？」

「畢竟當哥哥的如果給妹妹添麻煩，就太難看了啊。」

「咻」的一聲，掠起白色疾風。

黎琳菈菈的長劍連拔鞘的聲音都沒有發出來，就亮起白銀劍身從我頭上揮下。

我往她的右側錯開身子閃避。

一個轉身，我朝黎琳菈菈的背後拔劍揮砍。然而，黎琳菈菈也在同一時間轉身揮劍橫掃。

發出「鏗！」的一聲巨響。

我看見黎琳菈菈的劍身浮現魔法圖騰，便反射性地往後跳。

「你死定了！」

黎琳菈菈一副篤定自己贏定了的表情。

彷彿自劍身滿溢而出的風化作刀刃朝我襲來。

那是利用風刃拋射斬擊的魔法劍，用來劈砍躲過劍身的敵人！

我立刻把身上穿的外套拋出去。

風刃把我的外套撕得四分五裂，不過撕裂強韌的布料也讓風刃的威力減弱，接著便完全消失不見。

「我很喜歡這件呢。」

掉到地上的外套已經不能用了。

我看了一下銅劍，發覺劍身有著缺損和細小的裂痕。

看樣子並沒有將她的攻勢完全化解掉，再繼續抵擋下去可能會很危險。

看見我這副模樣的黎琳菈菈顯得驚訝。

「身手真厲害。雖然不知道你體內寄宿著什麼樣的『加護』，但你沒使出任何武技或魔法，我也沒感受到顯眼的技能。這實在太詭異了，看來你的實力深不見底……不過，你我裝備的性能可是天壤之別啊。」

裝備的差距非常明顯。再加上黎琳菈菈真不愧是傳說中的海賊，她的劍術也遠遠超過我的想像……強大得甚至足以匹敵教我如何使劍的團長。

「哎，我可以不跟妳打，交給那兩個人就好，而且也可以逃到衛兵執勤處去。」

我以右手持劍擺出架勢，讓左腳微微後退。

「我並不是想要大顯身手，也不是想要別人誇我，當然也沒有憎恨你們這些危及佐爾丹和平的傢伙。」

假如交給露緹和媞瑟，要打倒她想必會更加輕鬆。

我現在只是個藥店老闆，沒有什麼合理的原因要像目前這樣應戰。

「可是啊，該怎麼說才好呢……把我自己可以解決的事情推給妹妹的話，實在很那個啊。」

「你在說什麼鬼。」

我把意識轉為集中在戰鬥上。發覺我的氛圍有所轉變，黎琳菈菈的表情也變了。

我一邊搖晃著劍尖，一邊找尋著機會。

黎琳菈菈沒有打算等待，朝我這邊縮短了距離。

這時，黎琳菈菈的腳踩到樹根，視線一瞬間投向腳下。

「唔！」

我閉氣並在腳下施力，一腳就逼近了黎琳菈菈。

她立刻抬起劍打算防禦，不過——

「怎麼會！」

黎琳菈菈的動作比剛才還要遲緩。

她浮現著急的神情，同時將視線凝聚在手上的手甲上。

「不可能，到底是什麼時候！」

她左手的手甲有一道很大的傷痕。

第一次過招的時候，我向後跳的同時損傷了她的手甲。

那種魔法道具不是有著強化體能之類單純的效果。它有著更複雜、更纖細的妖精魔法。纖細的魔法就怕受到損傷。

刻印其中的魔法被擾亂之後，手甲本身也變弱了。

然後，黎琳菈菈沒有辦法完成她認為做得到的動作，便產生了很大的破綻。黎琳菈菈費力地架起防禦，抵擋我刺出去的劍。

劍被她的防禦擋下並發出聲響。

我在劍尖被擋下來的時候再往前踏出一步。

銅劍蛇行一般掠過黎琳菈菈的防禦，命中了她的肩膀。

黎琳菈菈忍著痛楚，並以風刃與以牽制後拉開距離。

她肩上的傷口溢出血液。

「唔……」

右肩的傷很深。隨著血液往右手臂流下，黎琳菈菈的右手應該會失去力氣。

「還要打嗎？」

「這國家真是太莫名其妙了，竟然有人比我還強？」

就算她會用回復系的魔法或技能，或者要喝治癒藥水，我也不可能放過那種破綻。

現在的距離對我們兩個來說都是只要一露出破綻，就會立刻受到對手追擊的狀況。假如就這樣僵持不動，黎琳菈菈就會因為失血過多而倒下。儘管如此，就算她要攻擊，在慣用手受傷的狀態下也沒有任何勝算；如果她想逃跑，我也可以用「雷光迅步」追上並給予痛擊。

目前的狀況對我有利，然而……

「到此為止了。」

這時傳來了其他男人的聲音。黎琳菈菈臉上浮現對勝利的確信。

現身的男人果然也是高等妖精，他右手拿著短彎刀，左手則按住流著眼淚、身體顫抖的女孩嘴巴。那個女生是平民區的居民。

「竟然抓了人質，還真像個海賊啊。」

「軍人也會用上骯髒的手段，畢竟沒有贏的話就沒有意義了嘛。好了，快把武器丟掉吧。」

「要是我說不呢？」

「這小鬼就會沒命。」

雖然她是經過我身邊就會來打招呼、很開朗的孩子，但她跟我的交集也就只有這樣。即使要說我認識她好像也不是那麼一回事。

「你是隨便找個方便抓的小孩來抓就對了。」

「但這對你這種人來說很有效果吧？」

黎琳菈菈按著傷口這麼說。

「說得也沒錯啦。」

我這麼說的同時，像拋射一般地扔掉了劍。

「什麼！你這混帳！」

劍劃出很大的弧線，朝著抓有人質的高等妖精飛了過去。

不過那把銅劍只是隨著重力落下，可以用短彎刀輕鬆把它打下，不然單純移動一步也能躲開。就算中招了，劍身不利的銅劍也不會造成什麼傷害。

然而，很少有人會忽視慢慢朝自己飛來的刀劍。

高等妖精的視線被我那把在空中飛舞的劍吸引了過去。

「『雷光迅步』。」

在他視線偏離的一瞬之間，我就像要繞過樹木後方再轉回來一般，跑向高等妖精的身邊。

「咦？」

我比高等妖精的反應還快了一瞬，一拳打在高等妖精端正的臉上。

高等妖精身體向後仰而倒了下去。

我就這樣直接接住我拋過來的銅劍，再朝驚訝的黎琳菈菈舉劍展開突擊。

跟那個無法及時反應的高等妖精不同，黎琳菈菈立刻擺出防禦架勢。不過，或許是因為她受傷的右手臂沒辦法靈活動作，行動速度比反應遲鈍不少。

「唔！」

鮮血飛散，我的劍只比她的動作快了一點。身受重傷的黎琳菈菈以膝跪地倒下。

「呼。」

確認黎琳菈菈沒有辦法站起來之後，我把劍收回鞘中。

然後我用手背擦掉額頭冒出的汗水，慢慢地呼出一口氣。

做好緊急措施後，就把這兩人交給露緹吧。要先處理好這兩人才能再去送藥了。

「嗚、嗚嗚，雷德先生……」

不過當務之急是安慰這孩子啊。為了讓這個女孩安心，我拍拍她的肩膀，對她露出笑容。

「已經沒事了，可怕的人都被打倒嘍。妳很努力呢。」

「哇啊啊啊啊！」

她被不認識的人抓起來，什麼都不了解就被當成人質，一定感到很害怕吧。

女孩抱住我的腰之後，便流下安心的淚水。

＊　＊　＊

「嘿咻。」

「船、船長！」

我把用繩子綁住的黎琳菈菈和她的一名手下運到露緹宅第的地下室。

之前就被關在裡頭的兩名高等妖精一副看到什麼難以置信的事物的表情，顯得十分狼狽。

「唔……」

或許是恢復了意識，黎琳菈菈發出呻吟聲。

「妳醒了啊？我已經做過緊急措施，不過動作太大的話傷口會裂開喔。」

「你這傢伙……想對我怎麼樣？」

「什麼想對妳怎麼樣……是妳襲擊我的吧？把妳交給露緹她們之後，我的工作應該就結束了。」

我露出苦笑。這次是因為受到了襲擊，我才被迫無奈應戰罷了。

「你們到底是什麼人？」

對於我平淡的反應，黎琳菈菈像是嚇得失去戰意一般目瞪口呆。

話雖如此，還好阿瓦隆尼亞王國和維羅尼亞王國在魔王軍進攻前關係就很險惡，我的身分才沒有眾所皆知。

如果是在其他國家，由於我當騎士的時候曾經受召前去王宮典禮之類的場合，說不定一下子就會被認出來。

「喂，你這小子！好好治療船長的傷啊！」

對於想著這些事情的我，被露緹她們抓住的高等妖精口出怨言。

或許是因為身子動起來的時候讓傷口有點裂開，包紮在黎琳菈菈身上的繃帶染上了血色。

「是你們自己襲擊過來的，要人好好治療可真是大牌啊。」

我用稍微帶刺的口吻回應。

這次是因為我的實力比較強，事情才能夠平安收尾，但她跟她的部下做的事情可是帶有暴力的綁架行為。

「我已經擦藥做過緊急措施了。而且憑藉高等妖精的生命力，還有那高等級的加護，想必連後遺症也不會有。」

「要怎麼處置俘虜是有條約規定的吧！」

「這裡不是阿瓦隆尼亞王國，而是佐爾丹共和國。就算是都市國家也是獨立的國度，王國的條約在此並不適用。而且你們沒發出宣戰布告就來襲，別一臉高高在上地擺出軍人架子。你們綁架未遂，可是要被當成犯人處置喔。」

「話、說是這麼說沒錯……」

真是的。

「……你這傢伙原本是軍方人士？」

對於黎琳菈菈說的話，我不禁皺起一張臉。

糟了……她可真是敏銳。不過光靠這樣應該猜不到我的真實身分就是了。

「是出過什麼事，還是在權力鬥爭中落敗的將校？你來維羅尼亞的話，我直接提拔你做將校也可以喔。」

「天曉得呢。」

我以這樣的回應收尾，決定坐在地上等露緹過來。

過了一陣子之後，露緹、媞瑟與莉特三人來到這間地下室。

「嗯，莉特也來了啊。」

「我不喜歡只有我一個人被排除在外嘛。」

「我本來打算交給露緹之後就回去。」

「我希望哥哥也留在這兒，如果哥哥不覺得麻煩的話。」

「你看，露緹都這麼說了。」

露緹對我這麼說的話，我就難以拒絕了啊。

「我知道了，那我就在露緹後面待命，有狀況的話再出手嘍。」

「謝謝。」

露緹開心似的這麼說。

看見她這種表情，就讓我不禁有了「這樣也行啦」的心情。

露緹的訊問很短暫。

她或許打從一開始就不覺得能問出什麼情資，知道黎琳菈菈沒有回答問題的打算之後，她很快便中斷了訊問。

「接下來該怎麼處理？」

「交給佐爾丹政府如何？畢竟也問不出什麼情資，可以當成外交籌碼逼薩里烏斯王子讓步之類的。」

莉特的提案符合她曾為王族一員的身分，想將俘虜當作外交籌碼來運用。

「這樣或許不錯，畢竟我們也不能貿然出手。」

對手可是維羅尼亞王國的大人物。

要是對她施以超出必要的危害，說不定會讓整個維羅尼亞王國海軍都有所行動。

這時傳來「叩叩叩」的聲響。那是用敲門器在宅第的玄關敲門的聲音。

「會是誰啊，我去看一下。」

我站起身子前往玄關。

「雷德，是我啦。」

把門打開之後，便看見亞蘭朵菈菈站在那裡。而且，在她身旁的是——

「米絲托慕婆婆！」

「啊、啊啊，不好意思，突然就來打擾。」

被黎琳菈菈盯上的目標——米絲托慕婆婆本人一臉彆扭地站在那裡。

「我就進來了喔。」

「亞蘭朵菈菈，妳等一下，現在氣氛有點不好。」

「黎琳菈菈那傢伙在裡面吧？」

「妳果然知道啊。」

「我可是所有草木的友人，別以為有什麼事情可以瞞過我啊。」

大概是因為我跟黎琳菈菈在森林裡對戰過的關係吧。那技能還真方便。

這樣我也能了解為什麼達南會抱怨亞蘭朵菈菈脫隊很令人困擾了。

這麼說來，不曉得在這次的騷動中，達南有沒有好好休養呢？

以他的個性看來，說不定會溜出醫院赴身戰場。

晚點得先跟他好好說說才行。

「話說回來，雷德！你怎麼都沒有通知我啊！」

「因為我要是跟亞蘭朵菈菈妳說了，感覺妳就會來揍黎琳菈菈一頓啊。」

「沒問題的，我會記得手下留情啦。」

「最好是沒問題啦！禁止虐待俘虜！」

「咦～」

亞蘭朵菈菈的嘴型橫向拉長擺出抗議的表情。不過不行的事就是不行。

「算了，先別講這個了。既然妳都知道發生了什麼事，幹嘛還把米絲托慕婆婆帶過來啊？妳也知道黎琳菈菈就是要奪走米絲托慕婆婆的性命吧？」

「我知道啊，所以我才把她帶過來解決兩人之間麻煩的爭執嘛。」

亞蘭朵菈菈的決策力還是一如以往地強。

不過她想做的事情並不是每次都有辦法順利進展，總是會讓待在她身邊的人感到膽戰心驚。

「米絲托慕婆婆妳覺得怎麼樣？」

「我想想啊，假如要老實說出我的心情，我確實覺得很恐懼。」

米絲托慕婆婆讓我看她的雙手。有著皺紋的指尖微微地顫抖。

「五十年前的那一天，我覺得消聲匿跡是最好的選擇。可是對黎琳菈菈來說，我只是個什麼也不說就逃跑，不負責任的王妃。真要說起來，黎琳菈菈把薩里烏斯帶來的那一天如果我曾經拒絕，事情就不會演變成現在這樣了。」

「但那是因為……」

「我和黎琳菈菈其中一人做錯了選擇。可是啊，就算她現在想取走我的性命，我和黎琳菈菈以前仍是摯友。我會提起勇氣，好好做個了結。」

「啪」的一聲。

米絲托慕婆婆兩手合十。

「雷德，讓我一起進去吧。我會跟黎琳菈菈見上一面，雖然不知道最後是我會道歉還是她要道歉，無論如何我都得跟她見面才行。」

「……我知道了，既然這是米絲托慕婆婆自己的決定，我會尊重妳。」

我讓她們兩人都入內。

然後，米絲托慕婆婆……不，是亞蘭朵菈菈先進到屋裡。

「好了，黎琳菈菈在哪裡呢～」

……我總覺得叫亞蘭朵菈菈離開比較好。

＊　＊　＊

讓米絲托慕婆婆和黎琳菈菈會面之前，先來整理一下目前的狀況吧。

這次事件的起端，是維羅尼亞王國的薩里烏斯王子和黎琳菈菈要求教會交出佐爾丹的教徒名簿。

薩里烏斯王子要求教徒名簿的目的，是要找出自己失蹤的母親米詩斐雅王妃，也就是米絲托慕婆婆，以此來繼承王位。

然而，薩里烏斯王子根本就不是米絲托慕婆婆的親生兒子。

米絲托慕婆婆的孩子在生下來的時候便已死去，和她去世的胎兒交換的嬰兒便是薩里烏斯王子。

蕾諾兒發覺這件事，米絲托慕婆婆因而受到威脅，於是離開了王宮。

也就是說，米絲托慕婆婆的存在何止不能讓薩里烏斯王子登上王位，還會為他帶來毀滅。

所以黎琳菈菈才打算在米絲托慕婆婆和薩里烏斯王子重逢之前，派出殺手取走她的性命。那就是冬至祭那天襲擊米絲托慕婆婆的殺手真面目。

不過黎琳菈菈想必也沒有預料到，邊境居然會有前勇者在。

預料外的戰力擊退了殺手，終究導致黎琳菈菈也像這樣被我們抓了起來。

這對黎琳菈菈和米絲托慕婆婆來說是睽違五十年的重逢……要是能夠平安收尾的話就好了。

＊　＊　＊

「什麼，妳、妳是亞蘭朵菈菈？妳怎麼會在這種地方！」

看見用力打開地下室的門、氣勢十足登場的亞蘭朵菈菈，黎琳菈菈便叫出聲來。她們倆好像在黎琳菈菈當海賊之前就認識了。

「好久不見了呢，妳這個浮萍妖精！」

「突然講這個是怎樣！妳是來找我打架的嗎！」

才剛開口，她們兩人就互瞪對方。

「浮萍妖精？」

亞蘭朵菈菈突然闖進來讓莉特嚇了一跳，也讓她抱持疑問。

「啊～那是高等妖精罵人的話。對於以自己出生都市為傲的高等妖精而言，被人形容為沒有根的浮萍，似乎是不敢說出自己的出身地、丟人現眼的傢伙的意思。」

「……還是搞不懂耶。」

可是，被亞蘭朵菈菈那麼挑釁之後，黎琳菈菈生氣到連旁觀者都能明顯察覺。

儘管我跟莉特聽不太懂，不過對高等妖精來說，剛才的髒話似乎是講了就準備要互毆的嚴重侮辱。

「妳最好有臉說別人！根本不會有其他高等妖精像妳這麼奇怪吧！」

「可是我沒有像妳那樣不知羞恥，從來沒有背叛過重要的同伴喔！」

「唔，那是因為……不對，等一下，妳說的背叛是指什麼事情？」

「當然是妳背叛葛傑李克的事情嘍。」

「妳怎麼會知道這件事！！！」

黎琳菈菈大吼。和黎琳菈菈一樣被抓的手下們被她突然怒氣沖沖的模樣嚇到，不知道到底發生了什麼事而畏畏縮縮。

「因為我跟她說過了。」

米絲托慕婆婆一邊這麼說，一邊走進室內。

「好久不見啊，黎琳菈菈。妳和五十年前一樣都沒變呢。」

「什麼，妳該不會是……米詩斐雅吧？妳老了不少，人類還真的是……很容易就衰老啊。」

黎琳菈菈以米絲托慕婆婆以前的名字稱呼她。

會這樣也是理所當然的吧。對黎琳菈菈來說，她現在也跟五十年前一樣是米詩斐雅王妃。

「為什麼，米詩斐雅？妳為什麼要逃跑？」

「妳心知肚明吧？因為我輸給了蕾諾兒啊。」

米絲托慕婆婆和黎琳菈菈面對面交談。

黎琳菈菈怒瞪著米絲托慕婆婆，米絲托慕婆婆也以蘊含堅定意志的目光回望著黎琳菈菈。

「米詩斐雅，這種時候沒必要再說別的了……妳為什麼有辦法捨棄葛傑李克，為什麼不肯相信他？有妳在的話，葛傑李克一定也會認可薩里烏斯的啊！」

「我相信啊……可是最先背叛葛傑李克的明明就是我們兩個！」

「那是因為……不，不是那樣的。」

「黎琳菈菈，事到如今妳為什麼還要來佐爾丹？」

「我是為了薩里烏斯。」

黎琳菈菈撂下這句話。這句話裡頭沒有任何迷惘。

「妳對薩里烏斯王子還真費精力啊。」

對於如此低語的我，黎琳菈菈投以尖銳的視線。

「米詩斐雅……妳為什麼要說出薩里烏斯的祕密？妳應該很清楚這個祕密究竟有多麼致命！」

「在這裡的人們，都是我可以信賴的朋友喔。」

儘管米絲托慕婆婆這麼回答，黎琳菈菈還是把拳頭緊緊握得連手指都發白，顫抖了起來。

「要是有人洩露出去的話，薩里烏斯這輩子就毀了……！」

「就算爭論揭穿祕密的責任也只是在浪費時間，這個話題就到此為止吧。」

米絲托慕婆婆搖了搖頭，接著繼續說：

「所以……妳為了防止薩里烏斯和我接觸，打算殺掉我。」

「哼，妳說得沒錯。」

「對薩里烏斯透露我可能就在佐爾丹的人，想必是蕾諾兒派系的人馬吧？」

「……對，我也疏忽了。沒想到他們會使出這種手段。」

「畢竟蕾諾兒就是政治上的運籌帷幄最厲害了啊。」

「這我可是了解到厭惡的程度了啊。」

黎琳菈菈和米絲托慕婆婆同時顯露苦笑。

「那麼，直接當成米絲托慕婆婆已經去世，或是不知去向的話不就好了嗎？」

聽著她們的交談，媞瑟說出單純的疑問。對於她的疑問，黎琳菈菈搖搖頭。

「就算我有辦法蒙混過去，蕾諾兒應該也還是會派手下去抓米詩斐雅。我可不能留下這種把柄。」

「可是不論我生死與否，蕾諾兒的兒子伍茲克王子都會繼承王位吧？她應該沒必要刻意抓住這種把柄，會不會只是虛張聲勢，其實是要把妳跟薩里烏斯支離王宮呢？」

聽完黎琳菈菈那番話，米絲托慕婆婆這麼回應。

「我的確也思考過這種可能性……然而葛傑李克還是有可能在臨終的時候指名薩里烏斯繼承王位才對。儘管在生前指名會遭到蕾諾兒阻撓，但臨終的話語無論是誰也無法改變。」

「要改變繼承順位就得遵照正當手續，就算是一國之君也一樣。蕾諾兒一定會說遺言不夠理智且不妥當，然後全盤推翻。更重要的是，你們應該想辦法讓薩里烏斯在伍茲克王子坐上王位之後還能保有勢力，並且等待對手垮臺的那一刻。」

她們倆以強烈的口氣你來我往。看見她們那樣的露緹點了點頭。

「已經解決了。」

「「咦？」」

對於露緹突如其來的一句話，米絲托慕婆婆和黎琳菈菈都意外得說不出話來。

我也不曉得那番話的意義而看向露緹。

「既然兩個人談話中的目標一樣，就代表沒有問題了。」

露緹說著這樣的話，臉上浮現滿足似的笑容。

別人沒辦法體會她那張可愛的表情代表什麼還真是可惜——我想著這種不符合現在這種場面的事情。

＊　＊　＊

黎琳菈菈一副悵然若失的表情，米絲托慕婆婆則不知道該怎麼搭話才好。

露緹一點也不在乎她們兩人，一副事態已經解決的態度，一派輕鬆地坐在椅子上。不過在場的人應該只有我跟媞瑟有辦法察覺露緹正在放鬆就是了。

「啊，呃，說起來啊。」

於是，主持場面的工作不知為何就落到了我頭上。

雖然我完全是維羅尼亞家庭騷動的局外人，但那兩位當事人都不主動開口的話，我就只能這樣了。

「我們的目的是保住米絲托慕婆婆的性命還有拒絕交出教徒名簿。我可以當成妳已經接受這兩點了嗎？」

「……我本來就沒打算讓薩里烏斯拿到教徒名簿。至於米詩斐雅的事，就暫且先維持現況吧。」

「那真是幫了個忙。以佐爾丹的立場而言，這樣就已經十全十美了。那麼，接下來要解決你們那邊的問題，也就是該怎麼增強薩里烏斯王子在王宮裡頭的影響力。」

繼承王位的問題處理好了的話，米絲托慕婆婆的存在無論對哪一方的陣營來說，利用價值都會變低。

不過以現實面來講，我想薩里烏斯王子很難繼承王位。

我對維羅尼亞王國的宮廷狀況並不了解，沒有辦法說得很果斷，但繼承王位的次序是對手優先，政治影響力也是對手占上風，而且對方還有目前的王妃能當靠山，布局十分完善。

「不過以妳的個性來看，歷史悠久的貴族想必不會站在妳這邊吧？」

「我好歹也有可以代為交涉的人才！」

對於米絲托慕婆婆的指責，黎琳菈菈惡狠狠地瞪了回去並這麼回應。

一開始還是我不帶場子就難以讓她們交談的狀況，但她們講得越來越熱烈，激動地議論起來，後來根本就不需要我講些什麼話了。

這個景象讓我覺得，我好像看見了她們兩人以前關係還很好的樣子。

就在議論還在持續著的時候，我聽見遠方傳來了鐘響。

「怎麼了？」

這裡是地下室，因此沒有用加護強化知覺能力的話應該聽不見聲音。

然而，那聲音讓在場所有人一下子就聽見了。

鏗鏗鏗鏗鏗！

鐘聲在城裡響徹，聲音大到連地下室都聽得見。

這是發生緊急事態所發出的鐘聲。

「我來看看情況。」

亞蘭朵菈菈拿出種子造出綠色藤蔓。

她打開入口的門，讓藤蔓往外延伸出去。

「……啊！」

過了一陣子，亞蘭朵菈菈發出訝異的聲音。

「怎麼了？」

「超乎我的預料，情況說不定很糟。」

亞蘭朵菈菈的表情十分嚴肅。

「維羅尼亞兵占領了港區，有幾名衛兵和居民被抓起來當成人質了。」

「怎麼可能。」

在我驚訝之前，黎琳菈菈先大吼出聲：

「妳確定嗎，亞蘭朵菈菈！確定是薩里烏斯的軍隊占領的嗎！」

「妳很了解我的能力吧？我沒說錯喔。」

「不可能！薩里烏斯應該也很清楚不能出兵才對！」

薩里烏斯王子出兵了？

如此一來，讓席彥司教幫忙處理的教會問題就會在此時化為現實。如果對手不光只是威脅，而是占領他國領土的話，無論席彥司教怎麼勸說，聖方教會都不會保持沉默。人類之間的戰爭會因此無法止歇。

露緹好不容易要在佐爾丹享受悠悠哉哉的慢生活，為什麼事情會搞成這樣啊！

「總之先去港區一趟吧。」

「也對，莉特說得沒錯。」

我靠到黎琳菈菈身邊。

「……不可能，薩里烏斯到底怎麼了？」

黎琳菈菈顯得很憔悴。看到她這副模樣，我有種預感般的感覺。

「哥哥。」

露緹也點點頭。

她以勇者的身分在旅途中解決過各式各樣的事件，而她藉此培養出來的洞察力想必感受到了什麼。

「黎琳菈菈，妳要一起去嗎？」

「你說什麼？」

「雷、雷德！」

黎琳菈菈一臉狐疑，米絲托慕婆婆也驚叫出聲。

「黎琳菈菈的目的，一樣也是要阻止維羅尼亞軍吧？」

「……是啊，沒錯！我也求你讓我過去，我願意以高等妖精的血來發誓，絕對不會做什麼小動作。我想趁事態還能彌補的時候，儘快阻止薩里烏斯王子。」

我將黎琳菈菈和她手下那些高等妖精的繩子解開。

「要走嘍。」

「知道了。」

我們離開了這間宅第。

＊　＊　＊

我、露緹、莉特、媞瑟、憂憂先生、亞蘭朵菈菈、米絲托慕婆婆、黎琳菈菈與黎琳菈菈手下的三名高等妖精——我們這些人急速前往港區。

城裡充滿四處逃竄的群眾，但沒看見有人受到戰事波及而受傷。看來還沒發生大規模戰鬥的樣子。

跑了一陣子、到達港區的我們確實看到了飄揚的維羅尼亞旗幟。

「到底發生了什麼事？」

黎琳菈菈愕然地垂下肩頭。

「現在佐爾丹周圍的外在勢力只有薩里烏斯王子的軍隊而已。」

儘管我這麼說，黎琳菈菈依然只是低聲呢喃著「不可能」。

「可是看起來並沒有任何煙塵，沒有戰爭的味道。」

莉特指出這一點。

莉特在洛嘉維亞公國的戰爭中曾經看過無數次自己的故國受到戰火灼燒的模樣。

看在這樣的莉特眼裡，這個城鎮裡頭並沒有戰鬥的痕跡。

「的確，看在我眼裡也一樣。如果維羅尼亞軍節節進逼，佐爾丹軍應該會收到以市民的避難為優先，迅速撤退的指示才對。港區本來就是人口比較少的地方，說不定沒有引發戰鬥和掠奪的情形。」

兵法的基礎是在對方登陸前先防衛，不過要是引發戰爭的話，佐爾丹沒有任何勝算，只能在尚未受害時先撤退，持續以外交手段奮鬥……當然，這樣的前提是露緹和媞瑟她們沒有上場戰鬥。

「我從高處觀望一下。」

媞瑟輕快地跑上附近倉庫的牆壁，從屋頂上確認四周的狀況。

「那裡可以看見佐爾丹的軍旗，佐爾丹將軍威廉男爵的軍旗也在。威廉男爵的走龍騎兵也都在騎乘狀態下齊聚一堂……但在那樣的城鎮裡頭，就算聚集騎兵應該也一點意義都沒有。」

「他是沒有實戰經驗的將軍，當然不可能經歷過城鎮戰。」

前去那裡的話，應該能就知道發生了什麼事才對。

我們也到那邊會合吧。

＊　＊　＊

佐爾丹港區容易受到暴風影響，建築物也都是以會遭到破壞為前提，蓋得不怎麼牢固。威廉男爵所在的這間倉庫也不是以磚塊砌成而是木造，牆壁是一碰就會四分五裂的土牆。

瞭望天空，便會發覺不知不覺間已經烏雲密布。

說不定會下雨啊。

總之就把該做的事先做好吧。我仰望站在我眼前，一副士兵外貌但只有一條手臂的魁梧男性。

「這裡是威廉男爵的陣營，有話快說。」

「……你在搞什麼啊，達南？」

「嘎哈哈，被你看穿啦。」

在佐爾丹軍陣營入口站著的男人是「武鬥家」達南。

雖然他用士兵頭盔把臉遮住，仍然不可能藏得住這身肌肉與壓迫感。

「因為外頭好像在搞些什麼有趣的事嘛。」

「所以呢？」

「我打算也進來摻一腳，以義勇兵的身分加入，正在站衛哨呢。」

「別讓達南來站衛哨啦！」

我不禁喊出聲來。

會這樣子也是因為達南搞錯了站衛哨的工作。

衛哨應該是有什麼異常狀況就要通知同夥的工作，可是達南把衛哨當成了可以比其他人更快找到敵人、率先戰鬥的工作。

「搞什麼鬼啊，你們這次也要全部扛下來喔？你們幾個最近好像都瞞著我做些令人開心的事情耶！讓我也摻一腳啊！」

「……等你傷勢好了再說吧。」

達南的傷還沒痊癒。這種傷勢如果是一般人，應該連走路都還很困難。

我說服達南回去醫院休息，最後是露緹和他以拳約定，才好不容易把他這個傷患送回醫院。

「真是的……」

不過也因為達南夾在中間，我們才能一路順利地到達總指揮官威廉男爵的所在地，因此也算是一件好事吧。

我們進入威廉男爵所在的倉庫後，便發覺威廉男爵在裡頭看著地圖上為數眾多、代表敵方兵力的棋子，而且一臉快要哭出來的樣子。

「哦哦！那位就是黎琳菈菈閣下嗎！」

威廉男爵一看見黎琳菈菈她們的身影便大聲喊了出來。

「威廉男爵，你怎麼會認識黎琳菈菈？」

「哪有什麼認識不認識，占領港區的那些人就是要求我們歸還身為俘虜的黎琳菈菈以及她的三名部下。他們還開出支付四萬兩千佩利的贖金、解放占領的港區和所有俘虜，以及追加支付八千佩利作為賠償金的條件。」

「這、這可真是亂來。」

他們占領得很強勢，條件倒是讓步不少。

莫名給人一種不合邏輯的印象。

可是根據黎琳菈菈的說法，薩里烏斯王子想必不是一個無能的王族成員才對。

「我不曉得黎琳菈菈閣下到底是怎麼被抓的，不過你們都把她帶過來了，那就可以放心了。趕快派人過去傳訊吧。不，由我們直接過去也可以。」

可以看得出來威廉男爵的表情明顯鬆了一口氣。

打不過的對手忽然占領城鎮，自己也不知道對方說的俘虜是什麼時候被抓的，看來讓他傷透了腦筋。

「等一下，我們還不知道發生了什麼事。要先掌握情況……」

我忍不住插嘴，然而威廉男爵怒吼得噴出口水。

「我不知道你是哪位，但是你沒有資格命令我！軍隊的指揮權可是在我身上！而且也不知道他們會不會忽然改變想法直接出兵！我們得儘早歸還俘虜，讓佐爾丹恢復和平才行！」

他的語氣雖然強勢，卻是全心全意地表現懦弱。

我正感到困擾時，黎琳菈菈身後的莉特和米絲托慕婆婆把話接了下去。

「你冷靜點，威廉男爵。黎琳菈菈還在我們手上，占上風的是我們這邊喔。我們應該先掌握事情的來龍去脈，再做出最佳選擇才對喔。」

「威爾，這是佐爾丹前所未見的事態，你會這樣也情有可原……不過你無所適從的話，整個佐爾丹軍也一樣會無所適從。」

「英雄莉特！米絲托慕大師也在！」

米絲托慕婆婆的身影讓威廉男爵睜大眼睛、提高音量。

接著他就一副很虛弱的樣子，雙腳沒力似的跪在地上。

「米絲托慕大師，我辦不到……請您代替我指揮軍隊。這對我來說負擔太大了。請您像以前拯救過佐爾丹那樣，再一次拯救我們吧……」

「威爾，你這樣不行，怎能依靠我這種老婆婆呢？現在已經是你們的時代了。」

中年男性向老嫗求情。這個樣子真的不能說有多好看。

不過威廉男爵麾下的騎士們儘管親眼看見這副情景，也絲毫無輕視他的跡象。因為他們也是以抓住救命稻草一般的目光看著米絲托慕婆婆。

我很了解這種景象。

這就是士兵們面對魔王軍時陷入絕望，對露緹尋求救贖的景象。

英雄就是希望本身。露緹凝視著這樣的情景稍微皺眉。

「要是你害怕的話，士兵們也會害怕。請你站起來吧，威爾。沒事的，我很清楚你一直努力到現在。來，麻煩你告訴我們，就你所知到底發生了什麼事。」

「……好。」

威廉男爵垂頭喪氣地開始把他知道的事情說給米絲托慕婆婆和莉特聽。

說是這麼說，不過威廉男爵光是讓港區市民避難和召集兵力就已經疲於奔命，似乎沒有掌握到絕大部分的情勢。

我把探聽事態的工作交給她們兩人，自己則走向亞蘭朵菈菈身旁的黎琳菈菈。

亞蘭朵菈菈走到我身邊咬耳朵說：

「雷德，黎琳菈菈的樣子不太對勁。」

黎琳菈菈至今展現的模樣都是高傲的高等妖精海賊；不過她現在跟之前可說是大不相同。

「又是我……又是我害的嗎……」

黎琳菈菈臉上浮現的是後悔，以及絕望。

「我只是……想要成為那個人的助力而已。」

她脫口而出的苦惱低語真的很小聲，不過我強化過的知覺技能聽得十分清楚……她說的那個人指的會是誰呢？

「威廉男爵好像也想把黎琳菈菈妳們交回去。等事情談完之後，應該會先去見薩里烏斯王子一面。」

我對黎琳菈菈和她手下那些高等妖精這麼說。

高等妖精們安心似的點了點頭，然後從黎琳菈菈的兩側扶持著她。

＊　＊　＊

港區一間以船長和航海士為客群，較為高級的旅店「順風亭」。

這是以前露緹剛來佐爾丹的時候利用過的旅店，薩里烏斯王子占據了這個地方來使用。

為我們帶路的是皮膚曬得黝黑的維羅尼亞兵高等妖精。

「薩里烏斯殿下，小的把佐爾丹的使節帶來了。」

士兵這麼說並敲了敲門。

以王子身邊的士兵來說這樣的態度有點粗魯，不過那名士兵毫無鬆懈地一直注意著我們的動向，而且還保持可以隨時應戰的架勢，看得出來他是一名經驗豐富的士兵。

和高等妖精之國祈萊明出身、在都市裡歷經磨練的高等妖精不同，他的舉止有著在大海與軍隊的世界中鍛鍊出來的敏銳和危險。

「讓他們進來。」

門內傳來男人的聲音。我往露緹和媞瑟她們那邊一看，便發覺兩人都點了點頭。

露緹她們以前見過薩里烏斯王子，那就是薩里烏斯王子的聲音沒錯。

士兵把門打開。

坐在裡頭的男人穿戴的裝備跟士兵沒差多少……不過每一項都刻有維羅尼亞王家的紋章，以及象徵魔法物品的符文。

薩里烏斯王子的年齡應該將近五十歲，然而他的面容十分年輕，看起來頂多只有三十幾歲。

「黎琳菈菈平安無事啊。」

薩里烏斯王子看了黎琳菈菈的樣子這麼說，接著對我們露出白齒而笑。那張笑容與其說是表達友好，更應該說是顯露威嚇的猙獰臉孔，是刻意展現給即將對戰的對手看的表情。

嗯……王子的那張臉……就在我有所疑問的這一瞬間——

啪！

室內響起劇烈的聲響。這是只在一瞬間發生的事。

「為、為什麼？」

薩里烏斯王子按著臉頰呆愣在原地。

站在他面前的，是一副無法壓抑怒氣的模樣、氣喘吁吁的黎琳菈菈。

黎琳菈菈衝過去甩了薩里烏斯王子一個耳光。

「要問為什麼的是我才對！你為什麼要做這麼愚蠢的行為！」

就站在我們身邊的黎琳菈菈的手下們以及守衛薩里烏斯王子的士兵們，都被突如其來的發展嚇得一動也不動。

當然，露緹有察覺到黎琳菈菈衝出去，假如有心確實可以阻止她。不過露緹選擇默默觀望黎琳菈菈的行為。

亞蘭朵菈菈對我投來詢問該怎麼行動的視線。我微微搖頭，告訴她我打算就這樣繼續觀察情況。

亞蘭朵菈菈儘管露出看起來很擔心的神情，還是點頭同意了。

「這事要是被蕾諾兒知道，你就完了！你這個笨蛋……你應該沒有蠢到連這種事都不知道才對！」

黎琳菈菈的聲音在顫抖。

她的聲音聽起來混合著各種難以抑制的情感，靠著憤怒好不容易才穩住一個方向。

薩里烏斯王子緊咬牙根，一語不發地垂頭喪氣，然而……

「因為妳被抓了啊。」

他像是竭盡全力擠出這句話似的回覆。

「那又怎樣！為王者要有捨棄部下的決心，這我應該教過你才對！」

「要我捨棄妳的話……我就算不當上王也可以！而且我根本就不想當！妳明明也知道吧！」

這句話的聲音相當大。

外頭的士兵們想必也都聽見了吧，外面傳來士兵們有所動搖而騷動的聲音。

我不知道黎琳菈菈此時的表情該用什麼話來形容才好。

既像是情緒激動，也像是已經絕望，又像是在哭泣……看起來也好像正在笑。好像要把內心撕裂一般，複雜的情感在黎琳菈菈心中打轉。

室內恢復一片寂靜。維羅尼亞兵不知如何是好，不安似的環顧周圍好幾次。

在這種情況下，我移動至在我們後方筆直地凝視薩里烏斯王子的面容、愣在原地的米絲托慕婆婆身邊。

「覺得很像嗎？」

對於我的這句話，米絲托慕婆婆嚇得肩頭輕顫一下。

「你怎麼會知道我心裡在想什麼？」

「我之前就想過這種可能性……黎琳菈菈是海賊，她應該不會為維羅尼亞王國行事，而是為了葛傑李克行動……既然這樣的話，她為什麼要為薩里烏斯王子獻身到這種地步呢？」

「真的很像！他很像那個人，像葛傑李克年輕時的樣子！可是葛傑李克和薩里烏斯應該沒有血緣關係才對！」

米絲托慕婆婆這麼低語，身子不禁打顫。

果然是這樣啊，薩里烏斯王子是葛傑李克王的親兒子。

而且……

「黎琳菈菈，難不成……薩里烏斯王子是妳的——」

米絲托慕婆婆以發顫的手指摀住差點要大叫出聲的嘴巴壓抑著感情。

這到底是為誰投注的愛與惡意，到底是誰背叛、是誰犧牲，後果又到底是由誰來承擔呢？

薩里烏斯王子並不是看起來很年輕，而是刻意展現比實際年齡還老的面容。

薩里烏斯王子臉上化的些微妝容，並不是要讓他的面貌更亮麗。

只要卸了妝，他想必會展現別人看了說是青年也不為過的年輕面容吧。如果是還沒滿五十歲的年齡，以她們的種族來說並不是什麼稀奇的事。

「雷德……薩里烏斯王子他是——」

我同意莉特的話並這麼回答：

「沒錯，薩里烏斯王子是高等妖精中的半人類……他的父親是葛傑李克，母親則是……黎琳菈菈。」

正因為這世界受加護所支配，人們才會在加護以外的血統尋求權力後盾。

只要擁有強大的加護，無論是誰都能無條件地讓別人屈服。正因為加護有著這樣的特性，人們才不會信賴加護。

就算是擁有「帝王」加護且讓維羅尼亞再次成長為大國的葛傑李克王，也還是一直被人們視為海賊出身的三流之輩。

要是認可了葛傑李克王，以後說不定就會有擁有「帝王」加護的山賊、強盜、縱火犯，或是各式各樣的人來破壞自己和親友生活的世界與規範，以新一任支配者的身分來統治天下。

我覺得這個世界王族們的行為舉止，正好就象徵加護這種存在的矛盾。身為洛嘉維亞公國公主的莉特，說不定在他們的命運裡看見了曾有可能發生在自己身上的未來。

彷彿要確認她現在跟我在一起一樣，莉特緊緊握住我的手。

而我也回握莉特的手來回應她。

第三章 揭露的祕密

我的名字是薩里烏斯．渥夫．維羅尼亞。

葛傑李克王和米詩斐雅王妃的兒子，也就是維羅尼亞王國的王子。

我幾乎沒有關於母親大人的記憶。

我只隱隱約約記得，在我玩耍的時候，好像有一名文靜的女性在離我不遠的地方靜靜地看著我。

每次聽聞母親大人還是海賊時與父親大人一起襲擊王都時的故事，常常令我感到十分困惑。因為那和我印象中的母親大人不太一樣。

維羅尼亞的貴族不會讓父母親手養育孩子。

所以存在我少年時代回憶當中的人，是單眼的高等妖精將軍黎琳菈菈。

「薩里烏斯，你在做什麼？」

黎琳菈菈向我搭話的時候，總是先講這句話。

無論我當下在做什麼，就算在玩一眼就看得出內容的遊戲也一樣，黎琳菈菈每次都會用這句話打開話題。

黎琳菈菈即使成為貴族，也還是跟海賊時期一樣戴著黑色眼罩遮住一邊的眼睛。就算身穿豪華的貴族洋裝，腰際也總是佩戴很有海賊調性、不符禮節的短彎刀。儘管黎琳菈菈理所當然似的被周遭視為異物而受到排斥，我還是很喜歡和她見面的時光。

黎琳菈菈對我述說的並不是高雅的貴族和騎士的故事，而是令人內心雀躍、和大海有關的故事。

我因為什麼地方都沒辦法去而覺得無聊，她卻偷偷把我帶到她的船上，告訴我大海的顏色與味道。

和叫做阿爾哈森的輝龍(Radiant Dragon)一同冒險時，我才知道母親大人並不是我的親生母親。當時是場王子與龍對抗森林的邪惡魔女，沒有多特別的冒險……但那場冒險本身跟這件事並沒有關係，因此我就省略吧。

重要的是，那時我把黎琳菈菈房裡的一套手甲帶了出去。

那是使用了淨面鋼的一項極品，在當時還小的我手上緊密地貼合，就像魔法物品會有的特性。

儘管我當時還是個孩子，戴上那只手甲後卻能像身經百戰的戰士一樣自在地揮劍，和森林裡的怪物戰鬥。

而且在我打倒魔女時……魔女看見我的手甲，嘴巴扭曲地笑了出來……她在斷氣前告訴我，那是名為劍術手甲的魔法道具，只有高等妖精才能使用。

我當時受到很大的打擊。父親大人和母親大人都不是高等妖精。

也就是說，他們兩位都不是我真正的親人。

想到這裡的時候，一名高等妖精的身影竄過我的腦海。

察覺到這點之後，疑惑很快就變成了確信。與其這麼說，或許更該形容成「一開始就該物歸原主的東西，終於回到了該回去的地方」吧。

而且魔女的那番話，也說明了我為什麼會衰老得那麼遲緩。以人類來說，我的外貌真的沒什麼改變。

我的母親就是黎琳菈菈。

權力鬥爭的日子沒辦法令我內心安定，但我知道黎琳菈菈（母親）一直都在為我而奮鬥，這點讓我很開心。

我明明遭到母親大人捨棄，父親大人也宣告我沒辦法繼承任何東西，可是母親一直都在我的身邊，一直都在守護著我。

我想對她說謝謝。我想對她說我愛她。

我想要像對待母親一樣，好好對待我的親生母親。

我的願望，就只有這個。

父親大人病倒了，母親和我的戰鬥也即將結束。如同一開始就知道的一樣，以我們落敗的結果收尾。就在這時，蕾諾兒派系的某個貴族接近我……還把母親大人所在地的情資帶了過來。

我知道這是陷阱，不過我腦中浮現了別的想法。

我想說，如果母親大人表明我並不是她的兒子，我們說不定就可以放棄父親大人還有王國了。

這樣一來，我和母親或許就可以像以前的母親大人那樣捨棄維羅尼亞王國去很遠的地方，如同單純的母子一般生活。

父親大人駕崩，我又沒有辦法繼承王位的話，維羅尼亞對母親來說應該不再是束縛了才對。

我是這麼想的。

因為我不想再次失去母親。

＊　＊　＊

「因為我不想再次失去母親。」

薩里烏斯王子說完話後嘆了很長一口氣。他放在桌上的手或許因為緊張而出汗，現在的他目光低垂，一動也不動。

我把打敗黎琳菈菈的時候拿走的淨面鋼手甲拿出來放在桌上。

「拿回去吧。」

磨得很亮的手甲上反射出黎琳菈菈、薩里烏斯王子，以及隔了一小段距離的米絲托慕婆婆的臉龐。

他們三人一直保持沉默，只有時間一點一滴流逝。

「黎琳菈菈。」

代替沉默的三人，亞蘭朵菈菈開口說：

「接下來換妳嘍。為什麼薩里烏斯會是妳兒子？」

亞蘭朵菈菈的目光中帶著不安。

「沒有其他的辦法……侵蝕葛傑李克和米詩斐雅身體的是『埋伏絕種之毒』。」

「埋伏絕種之毒？」

亞蘭朵菈菈看向我這邊。

我想起以前在王立圖書館禁書庫讀過的惡魔學書籍內容。

「我記得那應該是適量地持續服用一個月上下的話，就會讓人的體質變成會產生毒素的惡魔毒藥。」

「你還真是博學多聞。我可是讓學者前去調查，才第一次知道有那種毒藥。」

「……原來如此。『埋伏絕種之毒』啊，竟然是這麼一回事。」

知道毒藥的性質之後，我理解到究竟發生了什麼事。

「雷德，這話是什麼意思？」

看到我的表情，亞蘭朵菈菈這麼說。

「『埋伏絕種之毒』是居住在暗黑大陸的惡魔毒藥，特徵是毒素會傳染他人。」

「傳染？」

「那種毒藥只是一種化合物，但真的很像傳染病，要是讓其他人攝取了化為毒物的人的體液，毒素就會傳到別人身上。」

「說到攝取體液的話——」

「嗯，雖然有很多方式……但他們的狀況是傳宗接代吧。」

「這樣的話……！」

亞蘭朵菈菈露出驚訝的表情。

「沒錯，蕾諾兒自己服下毒藥，傳染給了葛傑李克。然後透過葛傑李克，也傳染給了米詩斐雅。蕾諾兒的執念連高等妖精都騙過了。」

「這樣的話，米絲托慕婆婆會產下死胎是因為——！」

「赤子無法承受化為毒物的血液，『埋伏絕種』這種名字就是源自於這種特性吧。讓俘虜化為毒物再放出去，就能破壞群體間傳宗接代的能力了。」

「既然如此，為什麼還能生下薩里烏斯王子？他不是葛傑李克的孩子嗎？」

黎琳菈菈像是要逃避同族的目光一般低頭答道：

「亞蘭朵菈菈，妳也很清楚我們高等妖精擁有強大的生命力。就算是人類赤子必死無疑的毒素，和高等妖精生下的半人類仍有可能倖存。要讓葛傑李克留下子嗣……就只有這個辦法了。」

然後黎琳菈菈和葛傑李克發生了關係。

葛傑李克打從一開始就知道薩里烏斯王子的事情。

葛傑李克是盜走國家的偉大海賊。

然而在得到王位之後，葛傑李克感受不到自己的意志。

葛傑李克或許也是受到想要守護王位的「帝王」衝動所擺布，沒辦法自由自在生活的一個可憐老人。臨死的時候，海賊之王到底都在想些什麼呢？

「黎琳菈菈，我就問妳一件事，妳要誠摯地給我回答。」

亞蘭朵菈菈筆直地瞪視著黎琳菈菈並這麼說。

「什麼事？」

「妳心裡就沒有其他的想法嗎？妳會背叛米詩斐雅這個朋友，就只是為了守住葛傑李克的王位還有你們的立場嗎？」

「本來……應該是那樣的。」

黎琳菈菈戴著眼罩的表情變得扭曲。

「可是我萌生了愛情。我愛上了葛傑李克，愛上了薩里烏斯。我不禁覺得背叛其他的一切也沒關係。我心裡確實……有別的想法啊，亞蘭朵菈菈。看見薩里烏斯的臉蛋的時候，我打從心底覺得高興。」

「這樣啊。」

亞蘭朵菈菈以沒有抑揚頓挫的聲音說下這幾個字，就閉上眼睛一語不發。

高等妖精這種種族不太能相信其他種族。

不過只要真正建立過信賴關係，她們就絕對不會背叛。

當然會有受到對方背叛而失望的情形，但她們不會自己主動背叛友情。

對高等妖精來說，那種出自人類價值觀的行為，是她們難以想像的邪惡舉止。

亞蘭朵菈菈以前會生氣到去挑戰放逐我的艾瑞斯，就是因為在高等妖精的價值觀裡頭艾瑞斯的行為不可饒恕。

「母親，母親大人。」

接著打破沉默的是薩里烏斯王子。

黎琳菈菈和米絲托慕婆婆兩人抬起臉來看著薩里烏斯王子。

「無論過程如何……就算我即將迎來的只有毀滅，能夠稱呼母親為母親，我還是很開心。而且能遇上我以為再也沒辦法見面的母親大人，我也感到很開心。我想……至少要讓妳們知道我的這些想法。」

薩里烏斯王子的臉上沒有惡意或後悔的情感。

他的表情很純粹，看得出來有繼承到高等妖精爽朗的特性。

「我們先離開吧。」

「嗯。」

露緹對我的話語表達同意。接下來就是他們三個的問題了。

儘管應該還要再花上一段時間，不過我相信他們假如願意慢慢討論，事情一定能夠解決。

我拉起愣在原地的亞蘭朵菈菈的手走出房間。

＊　＊　＊

我們留下那三人在房內，移動到了隔壁的房間。

「亞蘭朵菈菈，真虧妳能忍住。」

我這麼說完之後，亞蘭朵菈菈就像要把心中所有情感全部吐露出來一般，嘆了很長一口氣。

「因為我看過許多人類，現在能理解世上也有那樣的價值觀和迷惘。」

對於高等妖精來說，黎琳菈菈的行為是不可饒恕的背叛。

考量到亞蘭朵菈菈個性強勢，她發覺到事實的時候就算把黎琳菈菈揍倒也不足為奇。事實上，聆聽來龍去脈的時候，亞蘭朵菈菈的表情也很可怕。

「跟我比起來，黎琳菈菈遠遠還要更像人類。」

「人類？」

「嗯，人類。高等妖精們厭惡、害怕心愛的人類。雖然這對於人類來說是個祕密，但是高等妖精之間有一句格言，那就是一生至少會愛上人類一次。」

「原來有這種格言啊？」

「人類的壽命對我們來說很短暫，短暫得要是別開目光的話，沒過多久就會消失。可是人類在那麼短的時間，就能完成我們需要花費大把時間才能夠得到的事物。那樣的光輝讓我們著迷。不過那是我們得不到的事物，因為我們是高等妖精。無論我們有多愛人類，高等妖精還是會以自己身為高等妖精為榮。」

或許是在說出這些話的時候平息了怒火，亞蘭朵菈菈的表情變得沉穩平靜。

「上一次見到黎琳菈菈應該是六十八年前了吧。在這段期間，我所認識的黎琳菈菈似乎變成了另一個黎琳菈菈。」

「變成了人類的高等妖精嗎？」

「我想她就是經歷了那麼激烈的一段戀情吧。甚至能讓她忘記自己身為高等妖精，轟轟烈烈的一段戀情。」

「而她的對象是葛傑李克。」

「嗯。」

亞蘭朵菈菈感受到的情感是怎麼樣的呢？

她看見黎琳菈菈現在的樣子，心裡在想些什麼呢？

「哎，不過啊，雷德。」

「嗯？」

「和你相遇的我啊，可是比黎琳菈菈幸福許多喔。」

亞蘭朵菈菈的個性就是會直率地說出這種話。

「啊，喔，嗯，這樣啊。」

「哈哈哈，雷德還真容易害羞呢。」

亞蘭朵菈菈似乎也能接受她和黎琳菈菈之間的爭執了。

她們兩人互為死對頭的關係，或許是因為雙方都是高等妖精才能夠成立吧。

所以，對亞蘭朵菈菈來說，不是高等妖精的黎琳菈菈已經不是相同價值觀之下的競爭對手了。亞蘭朵菈菈看著我的臉且露出笑容，表情中似乎帶著一絲寂寞。

＊　＊　＊

和亞蘭朵菈菈談完之後，我便前去別的房間。

一打開門，便發現之前被抓到露緹宅第裡頭的那些高等妖精在那裡。

「沒想到竟然有那種祕密。」

「嗚嗚，船長。真是太好了啊。」

「誰快借我一條手帕，我止不住眼淚和鼻水啊。」

那三位高等妖精都哭得淚流不止。

我拿他們沒辦法，於是把手帕借給他們。

「話說我有一件事情想請教你們。」

要等他們哭完，我想應該得等到天黑，所以我強硬地推展話題。

「蕾諾兒的兒子，伍茲克王子和西爾維里奧王子的加護是什麼？」

「「「咦？」」」

高等妖精們目瞪口呆地看著我。

「聽說他們兩人都是『鬥士（Warrior）』。」

「有看過他們使用技能嗎？」

高等妖精們面面相覷。

「是沒看過，不過『鬥士』的固有技能是強化能力，因此並不引人注目。」

「體能是真的很強喔。據說比摔角的話，就連王宮裡都無人能敵。」

「我認識的人也曾去比過一次摔角，對方說王子的力量跟技藝都很厲害。」

「可是你們沒看過，也沒聽說王子曾經用過技能吧？」

「對、對……」

我那些話讓高等妖精覺得困惑。

對高等妖精們道謝之後，我便回到莉特等著我的房間。

「雷德，看你一臉難色，發生什麼事了？有什麼在意的事情嗎？」

看到我回到房裡的表情，莉特說道。

我對莉特說明我感受到的疑惑。

「西爾維里奧王子和伍茲克王子是從哪裡來的？」

「黎琳菈菈說過蕾諾兒手上或許有解毒劑。」

「歸根究柢，蕾諾兒到底是從哪裡拿到『埋伏絕種之毒』的？」

「米詩斐雅和蕾諾兒的父親，上一代的維羅尼亞國王擁有『藥師』加護，所以有可能是先王收集的藥物之一？」

「假如是一般的毒藥，這點或許還有可能。可是被拿去使用的是暗黑大陸的毒藥，就連高等妖精都沒辦法解毒。就算因為蕾諾兒是王族成員，我也不覺得她在阿瓦隆大陸有什麼門路能弄到這麼稀有的毒藥。因此是某個人經由暗黑大陸為蕾諾兒準備了毒藥跟計畫。」

我也曾在書上讀過「埋伏絕種之毒」的資訊。

被這種毒藥改變的體質要復原回來照理來說並不容易。

藉由「勇者」的「治癒之手」所造成的奇蹟就另當別論，但那不可能用魔法或藥物達到迅速痊癒的效果。

如果服下毒藥的是蕾諾兒，而且是她用身體的毒素來汙染葛傑李克的話，就不只有蕾諾兒需要解毒，連葛傑李克身上的毒也需要治療。

如果有打算治療葛傑李克的話，就需要花費很長一段時間，而且這種治療不可能瞞過葛傑李克和黎琳菈菈。

「所以當時不可能已經解毒了。」

「嗯……這樣的話，會不會是用別的孩子調包了？」

「這樣也很奇怪。」

「……畢竟有兩個人呢。」

雖然黎琳菈菈沒有掌握半點情報也很奇怪，但更奇妙的部分在於王子是兄弟檔。想都不用想就知道偷換王子是十分危險的行為。

這種行為要是從某個地方洩露出去，一定會招致蕾諾兒的滅亡。

所以，為了把風險壓到最低，照理來說換掉的王子應該只會有一人吧？

明明就沒有必要，正常狀況下應該不可能再冒一次險。

「當然，假如沒有走漏風聲的風險，對蕾諾兒王妃而言王子是越多越好。我想黎琳菈菈會覺得有連高等妖精都做不出來的解毒劑，就是因為王子應該是葛傑李克的親生孩子，這樣才說得通。」

然而，據我所知根本就沒有什麼解毒劑。

「也就是說，第二個兒子——西爾維里奧王子對蕾諾兒而言並不是什麼風險。」

蕾諾兒有著絕對不會曝光的自信。

「……如果我的預料沒錯，蕾諾兒是最可怕的怪物。」

在葛傑李克故事裡登場的人物之中，剛好有兩個人可以解決這個問題。

那就是阿修羅惡魔格夏斯勒和朱葛拉。

他們成為葛傑李克的部下，來到這個阿瓦隆大陸。

「我曾經見過格夏斯勒。」

「格夏斯勒是米絲托慕婆婆航海日誌裡頭寫到的阿修羅惡魔？」

「對，我和蕾諾兒相遇的時候，他以護衛身分一同前來。」

「阿修羅惡魔投靠到蕾諾兒派系了啊。」

「應該不太一樣，格夏斯勒他們就是蕾諾兒派系的人。」

「這是說……」

我想到化身為畢伊的錫桑丹的模樣。

佐爾丹人並沒有發現畢伊是阿修羅惡魔，我也是光用看的根本分不出來。因為畢伊的樣貌十分完美，跟人類一模一樣。

畢伊頭髮長了就會剪掉，指甲也變得跟人類一樣。

既然如此，化為赤子的阿修羅惡魔不就會像人類一般成長嗎？

「可是她有辦法為了野心做到那種地步嗎？」

蕾諾兒。

我認識她。

她是當時還是少年的我，遇過最可怕的女性。

那已經是超過六年前的事了……

幕間　少年與惡女

六年前——

我身為巴哈姆特騎士團的從士實行過各式各樣的任務。

「弗羅列斯先生，已經看得見城堡了喔。」

我在林木間的道路乘著走龍(Riding Drake)前進，在看見終於出現在視野裡的城牆後這麼說。

在我身旁騎著走龍的老騎士弗羅列斯先生是我的上司。

「終於可以在一張不錯的床上休息了哪。」

弗羅列斯先生摸著腰，看似悠閒地笑了出來。

我們接下來要去敵方陣地。

那是處於紛爭狀態的維羅尼亞王國領地中的城堡。

我這次的任務是擔任締結友好關係的外交官，同時也要調查友好關係是否為真，有著諜報員的身分。望著散發莊嚴氛圍的城堡，我沒辦法令握有韁繩的手停止冒汗。

儘管我之前如此緊張，但雙方已經有共識要建立友好的關係。

少年與惡女

雖然還有細節需要交涉，不過途中沒有什麼爭執，交涉過程也一直都很冷靜。

「……呼。」

現在是休息時間。

我在城堡中步行，同時探查有沒有什麼危險的徵兆。

目前沒看見什麼不自然的跡象。

這座城堡是紛爭的要地，但軍力只有這種程度的話，應該也很難偽裝友好關係並施以奇襲吧。這樣子任務就達成了一半。

我原路折返，回去弗羅列斯先生等待著我的房間。

就在我走在中庭旁邊的走廊上時——

「嗯，有人在啊。」

有一名少女坐在中庭裡頭。

看她年紀應該十幾快二十歲……嗯？

外表看起來是名少女，卻有種難以言喻的不對勁。

這樣的困惑令我停下腳步。

「哎呀，您好。」

注意到我的少女以貴族大小姐的禮節向我打招呼。

這時忽視她的話很有可能會演變成外交問題哪。

我也以貴族的方式向她打招呼，而這讓我覺得有點彆扭。

「您好，這位美麗的人兒。我是阿瓦隆尼亞王國巴哈姆特騎士團的從士，名叫吉迪恩．萊格納索。」

「原來您是阿瓦隆尼亞王國的從士閣下啊。」

從士閣下嗎……

所謂的從士，說穿了就只是隨侍騎士身邊見習的人。

像她那樣的貴族時常瞧不起我這種身分，不過窺探她的表情之後，我發覺她帶著柔和的笑容凝視著我。這讓我的內心難以平靜。

有種不能不去理會她的情緒。

假如這發生在我多累積一點經驗之後，就會知道這代表我直覺地感受到眼前的女性是名危險的對手……

不過當時我還是個少年，覺得會有那種情緒是因為看到了一名美麗的女性，於是把那種直覺當成多餘的感情推到內心角落。

「我的名字叫做諾艾兒。」

「您是諾艾兒大人啊。能像這樣知曉您的名字，真是備感榮幸。」

「吉迪恩閣下如此年輕，卻有獨當一面的樣子了呢。」

自稱諾艾兒的少女以算計過的舉止笑了出來。

我只想著要儘早離開這個地方，趕快回去找弗羅列斯先生。

諾艾兒……這名字是假名。

她真正的名字是蕾諾兒・渥夫・維羅尼亞。

少女的外貌也只不過是用鍊金術的祕藥假造出來，能讓所有維羅尼亞貴族都心生畏懼的女強人。這就是我和蕾諾兒王妃首次相遇的那一天。

＊　＊　＊

諾艾兒自稱是附近領主的女兒。

似乎是因為發生了紛爭，諾艾兒父親領地的防禦又較為薄弱，才會讓她從領地移動到固若金湯的這座城堡。

「您請看看，這是向日葵農園。在這一帶可是眾所皆知，很有名的地點喔。」

諾艾兒以雀躍的聲音說道。

現在的她穿著容易行動的騎馬裝，騎著馬兒緩緩行進。

在她身旁的我則是騎乘走龍比鄰前進。

雖然走龍和馬很難和平相處，但諾艾兒騎的馬匹訓練得很好，就算走龍接近也能維持平靜。

那或許是作為軍馬受過高階訓練的馬匹吧。

「真美呢。」

我看向隨著風兒搖曳的向日葵花田這麼說。

雖然不曉得是什麼原因，但諾艾兒似乎很中意我，這幾天她都像這樣帶著我遊覽城堡周圍。

好像是因為維羅尼亞那邊強烈要求，連弗羅列斯先生也沒辦法拒絕的樣子。

的確，事實上交涉進行得很順利，我就算留在城堡裡頭也沒事做……

但他們該不會發覺我在城堡裡頭進行調查了吧？

為了阻止我的行動，才要求我陪伴諾艾兒？

「吉迪恩閣下。」

諾艾兒向我搭話。

她輕輕拉起韁繩，讓馬匹停下腳步。

我也讓走龍停下，把臉轉向她。

「比起這樣賞花，您更喜歡上沙場戰鬥，讓加護成長的時光嗎？」

那麼，要怎麼回答才能讓這位大小姐有好心情呢？

我本來打算回個中聽的答案……但我忽然覺得，諾艾兒的目光漾著刻意表現出來、惹人憐愛的笑意，而且還讓我感受到彷彿要深入我的內心、宛如強烈情感一般的意志。

於是我打消那樣回答的念頭。

「我也很喜歡賞花喔。假如一直持續戰鬥下去，總覺得就會忘記自己究竟是為了什麼而戰。」

「為了什麼而戰，不是加護會告訴您的事情嗎？」

「我覺得自己戰鬥的理由要由自己來決定。加護只是理由之一，至於是否要接受那種理由，則應該由自己做出決斷。」

「哦……您雖然年輕，卻十分成熟呢。」

諾艾兒擺出一張完美的淑女表情。但她的目光並不是這麼回事。

她窺視我內心的那對眼眸蘊含著猛烈的熱情。

我為此戒備的同時，儘管我之前一直覺得諾艾兒是個很會假笑的麻煩貴族，卻也對她產生了一點興趣。

「諾艾兒大人是怎麼想的呢？」

「您問我嗎？」

「像這樣子賞花還有戰鬥，您喜歡哪一項呢？」

諾艾兒笑了出來。

那又是經過算計，刻意擺出來的完美笑容。

「我喜歡像這樣子賞花。」

「這樣啊。」

我後來沒有繼續說下去，將視線轉回向日葵花田那邊。

隨著風兒搖曳的向日葵確實很美麗。

我從六歲開始就為了盡可能變強而一直戰鬥。

為了總有一天能成為露緹踏上旅途的助力。

我故鄉的村子裡雖然沒有向日葵開花，但我還是回想起和露緹一起看過、花朵綻放的春季景色。我總有一天要再回到那個山丘……

「唔。」

我感覺到了殺氣，於是把手放到劍柄上加以戒備。

「吉迪恩閣下？」

發覺我的樣貌有變，諾艾兒不安似的呼喚我的名字。

「有敵人，諾艾兒大人請到我身後。」

「……好的！」

諾艾兒要讓馬匹動作的那一瞬間，「咻」的一聲傳來破風聲響。

「！」

我拔劍打落飛過來的箭矢。

「數量有……十八人嗎。」

遠處的樹上有三名射手，乘馬奔馳的有十五人。

「還有馬可以騎，這些賊人可真是豪華啊。」

看著手持長槍突擊過來的對手，我思考著該怎麼應戰。

對方的目的是什麼？

一般來說他們的計謀應該是把這個地區的貴族諾艾兒擄走，以此要求贖金……要一邊保護諾艾兒一邊戰鬥應該不太容易。

既然如此，就只能由我主動進攻了！

「諾艾兒大人，請您在這兒稍等。」

我讓走龍奔馳起來。

看見我筆直衝向十五把長槍，那些賊人驚訝地叫了出來。

「年輕人！難道你自暴自棄了嗎！」

只有那麼一瞬間，他們的長槍似乎有所猶豫地搖動。

不過他們馬上又把長槍舉好，衝向我的勢頭有如怒濤。

我背後感受到的視線應該是諾艾兒的吧。我的走龍達到了最高速度。

眼前有長槍逼近。

剎那間，我用腳跟踢了踢走龍的肚子當作信號。

「嘎嗚！」

隨著短促的叫聲，走龍展開小小的翅膀，跳到了長槍上方。

「什麼！」

我看見下方的賊人露出驚訝的表情。

「走龍跟馬不一樣，會跳起來喔！」

一名賊人被走龍的腳踩碎，我的劍砍下兩個人的頭。

我已經越過長槍的攻擊範圍，拉近到能以劍應戰的距離。

陷入混戰的話，樹上那些人就會害怕射到同夥而沒辦法加以掩護。

我接二連三對陷入混亂的賊人揮劍。

＊　＊　＊

「呼啊、呼啊……呼。」

我真的累了。那些賊人都是實力不錯的騎兵。

假如一開始的奇襲沒有成功，大概沒辦法毫髮無傷地取勝吧。

「吉迪恩閣下，您沒事吧？」

諾艾兒下馬向我這裡靠近。

我也從走龍上下來。

「嗯，我沒事。」

「您真厲害，我還以為陷入窮途末路了呢。」

「雖然還在見習，但我也是一名騎士，不會被賊人取得優勢。」

「您真是的。」

諾艾兒的表情散發光采。她的笑容很美……但目光果然不太一樣。

諾艾兒的手裡拿著絲質手絹，靠近我被賊人的血噴髒的臉龐。

我盡可能不對她失禮，委婉地阻止她。

「這樣會弄髒。」

「手絹本來就是會弄髒的東西啊。」

她露出看似困擾的表情。不管誰看見她這樣，八成都會說她很可愛吧。

不過問題是目光，那對有如火焰一般的目光。

被她那樣的目光凝視，我就覺得背脊發冷，比我跟那些賊人搏命對戰的時候還要寒冷許多。

「你還真不給面子，接受女性的好意也是騎士的職責之一喔。」

「非常抱歉，但現在還是儘快回到城堡吧，說不定還有其他賊人埋伏。」

「呵呵，說得也是呢。可是啊，有吉迪恩閣下在，我就什麼都不怕。」

「我倒是很害怕呢……要是您在這裡出了什麼事，就是阿瓦隆尼亞的責任了。」

「你真的很不給面子呢。」

看起來有點鬧脾氣……完美的少女舉止。

我停下腳步，以左手示意諾艾兒退後。

「吉迪恩閣下？」

「有別人在。」

不是「有人過來」而是「有人在這兒」。

一直到接近了我才發覺。我立刻拔劍擺起架勢。

「你小子真厲害。」

樹木的影子搖曳，出現了一道高大的人影。

美男子散發威嚴的氣息，而且他的手臂不是一對，而是有六條。

「阿修羅惡魔！」

惡魔只會擁有種族共通的加護，而阿修羅惡魔在惡魔之中也是異質般的存在。

這個世界上唯一沒有加護的種族就是阿修羅惡魔。

這也是我第一次親眼目睹。

阿修羅惡魔的兩條手臂緩緩舉起斬馬刀。

「……格夏斯勒！」

諾艾兒大喊。

「哈哈哈，我開玩笑的，小子。」

阿修羅惡魔一邊大聲發笑，一邊把刀收起來。然後他把每一隻手都打開，讓我們知道他手上沒有武器。

「這一點都不好笑。」

「非常抱歉，諾艾兒大人。這小子的身手比我想像中還要好，讓我忍不住想跟他過個幾招。」

格夏斯勒靠近我伸出右手。

「你打得很棒。」

「……謝謝誇獎。」

雖然有點猶豫，我還是握住了格夏斯勒的右手。

惡魔的大手手掌上有手持刀劍所形成的厚繭，能知道那是經年累月的鍛鍊所留下的痕跡。

「我是諾艾兒大人僱來當護衛的。」

「阿修羅惡魔當護衛？」

「這個大陸也有人把下級惡魔僱來當傭兵吧？我差不多就是那樣。」

的確有人會僱用身為優異的步兵，也能擔任小隊指揮官的戰士惡魔；以及用身體衝撞就能破壞搭得不夠好的城門的巨體惡魔。

可是，由於幫助惡魔會被教會盯上，因此這並不是維羅尼亞王國這種大國應該有的行徑。

「哎，我的事不重要啦。」

「……既然有正式聘用的護衛，話就好說了。接下來就麻煩您了。」

「唔嗯，你什麼都不打算問嗎？」

格夏斯勒雖然在笑，我卻沒做任何反應，跳到了走龍上頭。

「吉迪恩閣下，請您等等！」

「我先一步回城堡裡向城主報告此事。」

儘管諾艾兒急忙留住我，我還是低頭向她行禮，然後離開了現場。

＊　＊　＊

襲擊事件後來全數交給維羅尼亞方面處理了。

雖說好像還是不曉得襲擊者到底是什麼來頭，但我這個外人並不應該插嘴。到頭來沒找到主謀，事情就這樣不了了之。

在那之後我也時常被諾艾兒叫出去，陪她散步或是用餐。

「這也會在明天結束啊。」

我在客房床鋪上躺著，安心地嘆了一口氣。

今天結束所有交涉，阿瓦隆亞王國的我方代表弗羅列斯先生和維羅尼亞王國的代表，也就是城主昂特尼烏斯，一同在外交文書上簽了名字。

接下來會有晚上的祝賀會，明天早上我跟弗羅列斯先生就會返回王都。

這份工作也會在那一刻結束。我的背脊忽然竄過一陣寒意。

我從床上跳了起來，拿起放在床邊的劍。

「等一下，我不是來跟你打的。」

「格夏斯勒！」

明明連門都沒開，房裡的陰暗處卻站著巨大的身影。

「看來現在不是我該問你怎麼進來的好時機啊。」

「沒錯，事情十萬火急，我才會來找你幫忙。」

「是諾艾兒大人的事情嗎？」

「對，沒時間了，我就長話短說。」

格夏斯勒從陰暗處走出來。

「諾艾兒大人被綁架了，我希望你能助我們一臂之力。」

「被綁架了？你跟在身邊還會被綁架？」

「是我疏忽了。」

「……事情這樣的話，你只要拜託城主幫忙就好了吧？應該沒理由找我這種外人幫忙才對。」

「就說是我疏忽了！」

格夏斯勒咬緊的牙齒磨出「嘰嘰嘰」的聲音。

「難不成幕後黑手是城主？」

「沒錯。要是我跟在身邊，不管來幾個人我都能守住。可是身為惡魔的我沒辦法一直守在身邊，就是因為這樣才被對方得手。城主指派的護衛背叛了我們。」

格夏斯勒說，城主僱用傭兵來綁人勒索贖金，而且打算在交付贖金的時候把諾艾兒跟傭兵一起殺掉。

看來我被捲入維羅尼亞王國內的陰謀裡了。

「諾艾兒大人果然不是地方領主的女兒吧？」

「我什麼都沒辦法說。那麼，你會幫我們嗎？這座城堡裡頭能跟那位大人站在同一方的人類就只有你了。」

「……這次應該不會再騙我了吧？」

我瞪著格夏斯勒這麼說。

上次襲擊我和諾艾兒的那些人，應該是諾艾兒自己透過格夏斯勒僱來的傭兵。

對於年紀上還是個少年的我，他們有一點點猶豫是否要大開殺戒。

儘管是要綁架貴族的法外亡徒，卻還有著理性。

「在阿瓦隆尼亞的人擔任護衛的時候被抓走，阿瓦隆尼亞可就面子掃地了。」

「真厲害，你說得沒錯。當時好像是想要推翻交涉中的一個項目吧。」

「假如我倒下了，你應該會拯救諾艾兒大人，還會順便封住傭兵的嘴——手法跟城主一樣啊。」

格夏斯勒點頭肯定了我的疑惑。

「那麼，這次的騷動不一樣嗎？」

「不一樣。之前的事也跟城主無關。城主後來知道那件事似乎還很生氣。」

「諾艾兒大人受到排擠了嗎？」

「是同夥很多，敵人也很多的狀況。」

格夏斯勒搖搖頭，轉身背向我。

「既然你都看透到這種地步，代表我白來一趟了。」

「白來一趟？」

「你沒理由去拯救曾經對你設局的女人吧？」

「那你打算怎麼辦？」

「只能我一個人去救她了。不好意思浪費了你的時間啊。城主說不定會讓你們變成代罪羔羊，趁現在做個不在場證明吧，最好也向你的上司報告一下。」

留下這句話之後，格夏斯勒就一個人離開房間了。

＊　＊　＊

隔天，鄰近的森林——

被繩子綁住的屈辱讓諾艾兒忘卻扮演少女的演技，使她的憎惡顯露在外。

以那樣的諾艾兒為中心，維羅尼亞兵和傭兵們相互對峙。

「嘿嘿，有準備說好的金額吧？」

對傭兵來說這份工作很輕鬆。

因為他們對峙的敵手，其實就是幕後黑手。

雖然有一半的金額會被對方拿走，剩下的錢也足以讓這些傭兵玩上一整年。然而，由於有許多十字弓同時朝向自己，使得傭兵們的笑容僵住了。

「跟、跟說好的不一樣！」

出身農村、想要開創新事業而成為傭兵的他們並不曉得貴族有多麼陰險。

城主冷淡的目光裡頭沒有半點背叛他人的罪惡感，傭兵們看見那樣的目光之後，想必也理解了對方的價值觀和自己相差甚遠。

「噫！」

傭兵們慌慌張張試圖逃跑的時候，只有諾艾兒沒有別開目光，狠狠地瞪著城主。

然後，十字弓的扳機被扣下了。

「『雷光迅步』。」

我衝到諾艾兒的身前之後，就把城堡裡借來的長方形巨盾插在地面上擺正。箭矢都刺到了盾牌上。

「吉迪恩閣下！」

「抓住我！」

我從腰包拿出三根發煙棒，敲打地上弄斷它們。

黑煙遮蔽了視野。

「什麼？是阿瓦隆尼亞王國的從士嗎！可惡，別讓他跑了！殺過去！」

為了阻止我們逃跑，第二發十字弓如字面所示在黑煙中盲目亂射，同時維羅尼亞士兵們也拔劍向我們襲擊而來。

「格夏斯勒！接下來交給你了！」

「沒問題。」

格夏斯勒以野獸般的速度從我的頭頂跳過去。

「一邊守護那位大人一邊打的話對我不利，不過能自由戰鬥就輕鬆了。」

「是、是格夏斯勒——！」

維羅尼亞兵的慘叫聲隔著煙霧傳了過來。

我讓盾牌維持插在地上的狀態，直接抱起諾艾兒跑進森林之中。

「你們這些傭兵！別愣在那裡，不想死的話就快點逃吧！」

聽見我的叫喊，回過神來的傭兵們也跑了起來。

這樣子能有一點聲東擊西的效果就好了。

＊　＊　＊

我潛進森林裡，跑到事先令其待命的走龍身邊。

「呼——」

我放下諾艾兒，想辦法讓空氣進入快要受不了的肺而反覆呼吸。

儘管「雷光迅步」很方便，但非常消耗體力。

這個技能只是讓移動速度變快，並不會改變在同樣距離下全力奔跑所需的體力。沒有搭配其他技能來輔助的話，就會產生問題。

「吉迪恩閣下。」

就在我的呼吸趨於平穩時，諾艾兒不再扮演一名少女，而是以她原本冰冷的口氣這麼說。

「有什麼事嗎？」

「為什麼要救我？你已經察覺之前那次襲擊的事了吧？」

「嗯，那當然。」

「那你為什麼還這樣？對你而言，我應該是要奪走你性命的敵人吧？」

「說得也是呢。」

「……既然如此，你的加護是有幫助他人的衝動嗎？」

幫助他人的衝動嗎……我想起露緹的面容，因而令我感到心痛。

這個任務結束之後，我就休假去見露緹一面吧。

「不，我並沒有那種衝動。」

「那你到底為什麼要救我呢？」

問我為什麼的話……我想想啊。

「我並不是對妳懷有好感，但妳死了的話我應該會睡不好吧。」

「……就因為這樣？」

「對，就因為這樣。」

諾艾兒第一次在我面前展現她打從心底覺得莫名其妙的神態。

她那種發自內心的情感讓我有種一如所料的感覺，我就不禁笑了出來。

「原來如此，你只是因為你會睡不好，便賭上了性命來救我呢。」

「就是這麼一回事吧。」

「呵、呵呵，你還真是一名十分任性的少年。」

糟了，惹她生氣了嗎？

與我的不安正巧相反，諾艾兒看起來很開心地笑了出來。她牽起我的手，並且親吻我的手背。

她看見有所動搖的我的反應之後又笑了出來，然後輕盈地騎上走龍。

「那麼，吉迪恩閣下。接下來有什麼計畫呢？」

「和弗羅列斯先生會合，前往南方要塞。」

「這樣也好，那裡有維羅尼亞王家直轄軍，想必會很安全。昂特尼烏斯城主應該也沒辦法在光天化日之下和王家為敵。」

「不過我很擔心格夏斯勒。」

「……不要緊，很難想像他那樣的戰士會落敗。」

諾艾兒會擔心格夏斯勒的安危令人十分意外。

事後回想起來，那大概是因為格夏斯勒會化身為王子，要是他在那個時候死了就大事不妙了吧。

＊　＊　＊

後來我們順利擺脫追兵，成功往南方要塞脫逃。

格夏斯勒也晚我們一步，在兩天後的晚上若無其事地回來。

見到我之後，露出獠牙的阿修羅惡魔面容扭曲地露出笑容。

「幹得不錯啊，小子。」

他這樣誇獎了我。

沒想到會有受阿修羅惡魔誇獎的一天，當騎士還真是會遇到各式各樣的體驗。

我向弗羅列斯先生說出這件事之後，他對我說：「一般來說不會有這種狀況。」而露出苦笑。

昂特尼烏斯城主的城堡現在被維羅尼亞王國軍所包圍。

他應該遲早會投降……不過那已經是跟我們無關的戰鬥了。

維羅尼亞王宮對我和弗羅列斯先生頒發了感謝狀和勳章。

因為這是別國的勳章，並不會換來爵位或是獎賞，但對於今後的外交來說應該會成為不錯的媒介。事件收尾之後再來回顧，就覺得拯救諾艾兒的行動應該也有幫上阿瓦隆尼亞王國……我那時是這麼想的。

「諾艾兒大人請您過去。」

我真的在做回去王都的準備時，有維羅尼亞兵來傳喚我。

後來諾艾兒就沒有像之前那樣帶我到處跑。

頂多只有晚餐的時候會和她會面。

「是要跟我道別嗎？」

我跟隨士兵的帶領，前往諾艾兒等待我的房間。

這房間是我第一次進去。

「吉迪恩。」

門打開之後，便看見整齊列隊的士兵們排出一條通道，通道末端是諾艾兒躺在豪華沙發上的身姿。這些士兵都全副武裝。

待在這裡的是維羅尼亞王室直轄軍。

他們恭敬地侍奉著諾艾兒。

也有士兵繞到我背後，而門被關了起來。

「你終於過來了。」

「……我之前就覺得您不是地方領主的女兒，不過您到底是何方神聖？」

「想當然耳，諾艾兒是假名。」

諾艾兒站起身。由於她站在高一階的地方，因此呈現出居高臨下俯視我的狀態。

「我是蕾諾兒．渥夫．維羅尼亞，維羅尼亞王國的王妃。」

「王妃……！」

「吉迪恩，我很中意你。」

「那……小人真是備感榮幸，王妃大人。」

諾艾兒……不對，蕾諾兒一步又一步地向我走近。

她的步伐充滿著自信和妖豔，已經沒有飾演少女的演技。

「吉迪恩。」

蕾諾兒淫靡地笑著。

「你啊，就成為我的人吧。」

看起來不像在開玩笑……她中意我的事看來是真的。

「可是小人是阿瓦隆尼亞王國的騎士。」

「把騎士團和故鄉都捨棄吧。我要你把舉劍的理由、身為騎士的理由、活著的理由，還有死去的理由，全部都奉獻給我。相對地，我會愛著你。無論是財富、名聲，還是權力，我全部都會給你。我要你在我死去之前無時無刻不愛我，永永遠遠地守護我，成為我的幸福。」

我……沒有別開目光，而是看著蕾諾兒的眼睛回答：

「王妃大人，請恕小人婉拒您的心意。」

「……你不喜歡我的姿色嗎？」

「沒這回事，您的樣貌十分美麗。不，與其說是容貌，更不如說是您那雙宛若烈火的眼眸對小人而言非常具有魅力。」

「這樣子啊！」

「可是，小人已經有提劍的理由，已經有該賭上我性命的對象。要是失去了那些，小人便沒有戰鬥的理由。」

我是為了露緹才想要變強，就是為了這個才會成為騎士。

無論是財富、權力，還是王妃的愛，和露緹相比的話一點價值都沒有。

「王妃大人，請恕小人婉拒。」

我再一次謝罪。蕾諾兒彷彿早就料到事情會演變至此，沉穩地笑了出來。

「真是可惜。不過呢，你那顆超越了加護的心，可是令我覺得惹人憐愛。這應該是必然的結果吧。我知道了，吉迪恩。」

「太好了，若您答應的話……」

「把吉迪恩抓起來。要是膽敢抵抗，殺了他也無所謂。」

「什！」

周圍的維羅尼亞士兵一同拔劍。

然而我的腰邊沒有佩劍。我並沒有在別國城堡內自由攜劍的權利。

「吉迪恩，你救了我的命，我打從心底感謝你為我賭上性命、挺身奮戰。可是，就算我感謝你，還是不能容許沒有順從我意志的事物。對於你的好意，我就用惡意來回報吧……真令人難過呢。」

「請、請您稍等！小人雖是從士，但也是以阿瓦隆尼亞王國外交官的身分在此，此次到訪是為友好關係展開交涉！若您斬了小人，想必會讓他人認為友好關係就此決裂！戰火好不容易就要熄滅，您還要讓新的戰爭因小人而起嗎！」

「沒錯。如果是要殺死不肯愛我的你，無論流下多少鮮血我都不介意。」

「怎麼會……」

蕾諾兒的目光沒有半點猶豫，當時還是少年的我陷入了混亂。

我第一次遇上無法理解的人類之惡。

＊　＊　＊

我和弗羅列斯先生被抓起來，禁閉在牢獄之中。

「對不起。」

我向弗羅列斯先生道歉。

這個時候的我，還有著幫助別人就應該會得到對方感謝的單純想法。

弗羅列斯先生露出笑容，用他大大的手撫摸我的頭。

「這還真是慘烈的一場背叛啊。沒想到維羅尼亞王妃這麼難以捉摸。」

「……是的。」

「不過你不用在意，也不要反省。你的戰鬥之中有著騎士精神。騎士道是要用來展現自己的信念，不是用來要求別人的東西。」

「可是——」

「別因為這樣就垂頭喪氣。如果你今後也覺得應該為了正當的事物而戰，就毫無顧慮地奮戰吧。」

「……我會努力。」

「那麼，接下來要來想想該怎麼離開這裡了吧。我們要是被殺了，阿瓦隆尼亞和維羅尼亞就會全面開戰。」

這時，門扉響起了「喀嚓」的聲音。

「唔？」

我和弗羅列斯先生保持警戒靠近門扉。

「喲，這可真慘啊。」

「格夏斯勒！」

阿修羅惡魔格夏斯勒從門上的窺視口看著我們。

伴隨門扉摩擦的「嘰嘰」聲響，格夏斯勒把門打了開來。

他的手上拿著我和弗羅列斯先生的劍。

「你要幫助我們嗎？」

「蕾諾兒大人的個性雖然那樣，但我可是滿感謝你的。」

「所以你才會把鑰匙跟劍拿過來嗎？」

格夏斯勒聳了聳肩。

「畢竟我可沒收到不能幫你們的命令。不過，我不能跟蕾諾兒大人的士兵戰鬥，最多只能幫到這裡，而且我也沒辦法再幫你們第二次了。」

「沒關係，這樣已經很夠了，謝謝。」

我接下他拿來的劍。

「吉迪恩，總有一天我想跟你打一場。可以的話，你可別死啊。」

在阿修羅惡魔的目送之下，我們脫離了牢獄。

「騎士道不一定會得到回報，但有時候也會發生這種事。」

逃跑的途中，弗羅列斯先生這麼說並笑了出來。

後來我們遭遇許多危險，好不容易才跨越維羅尼亞王國國界平安逃向遠方，然後順利回國避免了戰爭。

而且回到王都的我也獲授騎士官階，正式成為了一名騎士。

第四章 佐爾丹那些不像樣的英雄

港區得到解放後過了五天，佐爾丹平民區——

我揹著裝滿許多橘子的箱子走在路上。

「雷德哥哥，你怎麼了？帶著這麼多橘子，是要做果醬嗎？」

或許是剛吃完午飯吧，坦塔看起來心情不錯。

「不是啦，你知道晚一點有薩里烏斯王子一行人跟佐爾丹高層的餐會嗎？」

「嗯，是今天下午開始吧？一定是米絲托慕婆婆跟露緹小姐她們圓滿促成的吧！」

薩里烏斯王子他們還有切身的問題需要處理，不過教徒名簿、港區受襲，還有現為佐爾丹居民的米絲托慕婆婆的性命，這些攸關佐爾丹的問題都先得到了解決。

對於襲擊港區的事情，薩里烏斯王子依約支付了賠償金，同時也撤回拿取教徒名簿的要求。

佐爾丹方面也為了讓大國的王子保持體面，提出了補給物資、允許海軍進入港區等些微讓步，今天下午會舉辦的儀式還有餐會也兼具正式簽署相關條約的作用。

「然後呢，一般海軍會有立食餐會，跟薩里烏斯王子他們的會場不一樣，我是在搬海軍餐會要用的橘子。」

「為什麼雷德哥哥要搬啊？」

「我也不知道為什麼會這樣……其實我得做幾道菜給他們。」

「是這樣喔！」

我一邊苦笑一邊感到疑惑。

我可是藥草店老闆而非廚師。

「不過雷德哥哥做的菜很好吃，大家一定會很高興喲！」

「是這樣就好嘍。」

儘管坦塔天真無邪的笑容帶來療癒，但我即將踏入為那麼多人做菜的未知領域，沒有辦法掩藏不安。

肚子好痛。

要說為什麼會演變成這種狀況……就需要把時間稍微往前拉。

＊　＊　＊

將黎琳菈菈等人送還薩里烏斯王子的那一天——

在那之後，米絲托慕婆婆、薩里烏斯王子與黎琳菈菈三人留在房裡，我們下樓前往維羅尼亞海軍們待著的旅店大廳。

士兵們似乎會在這裡輪流用餐，他們喝著湯、吃著麵包。

「話說回來，肚子餓了呢。」

外頭的天色已經暗了。

我離開店裡為紐曼的診所送藥是在吃午飯之前，途中和黎琳菈菈打了一場，後來把她帶去露緹的宅第，也找來了米絲托慕婆婆她們，接著薩里烏斯王子展開攻勢，我們又帶著黎琳菈菈她們來到這裡。今天一整天真的很忙，明天我想悠閒地度過。

「喔，你們餓了嗎？」

士兵……一名男性向我搭話，他看起來應該是高等妖精中的半人類。

男性的耳朵末端有點尖銳，除此之外和一般人沒有差別。他身體的特徵也幾乎都跟人類一樣。

給人的印象差不多就是曾祖父母那一代有人是高等妖精的感覺吧。

長時間受到日曬的粗糙膚質明顯是行船人的特徵，但他的臉上沒有鬍鬚，眼形的清爽氛圍也和他的外貌不太相襯，令人感受到高等妖精的氛圍。

這名男性在我們回到大廳的時候，還把我們當成抓住黎琳菈菈的敵手，看著我們的目光帶有敵意。然而同樣曾為俘虜的黎琳菈菈部下們說明我們已經和解之後，他的態度轉為充滿善意。

「這樣的話，要不要喝這個？」

那名男性這麼說完，指著桌上的湯品。

那應該是維羅尼亞海軍的料理。我以前也是一名軍人，還滿好奇味道怎麼樣。

「嗯，那我可以喝一點嗎？」

「那有什麼問題。」

看來這名男性是一位下士。他對部下們大聲下令之後，沒刮鬍子的士兵們便馬上把符合人數的湯品和麵包端過來。

湯裡有一點濁白，不過透明到能夠看見盤底。

氣味……幾乎沒有。

湯裡浮著豬肉還有切得不整齊的蔥和紅蘿蔔。

豬肉切得很厚，有些地方還是紅色的。

「…………」

這該不會是——

我用湯匙舀了一點湯含進嘴裡後，發覺這只是鹽水。

吃吃看裡面的料之後，也發覺火候都沒有深入食材，咬到裡頭的感覺不只是硬，甚至還是冷的。也就是說——

「好難吃。」

在我身旁用餐的露緹直接明瞭地這麼說。

儘管面無表情，但她眉毛微妙地呈現八字型，似乎是真心覺得難吃。聽到她那麼說，男性下士非但沒有生氣，反而還笑了出來。

「聽到沒，克爾特！果然很難吃嘛！」

「不好意思，我沒有料理技能。」

名為克爾特的士兵笑著說。

與其說沒有技能，我覺得他連烹飪的基本知識都沒有。

「我是廚兵，在船上也負責煮菜。」

克爾特看似難為情地搔搔頭。不是吧，這不管怎麼說都很奇怪。

「我順便問一下，你做菜的經驗怎麼樣？」

「我從軍之後才第一次做菜。」

「……有人教你怎麼做菜嗎？」

「沒人教我怎麼做菜，但有人教我怎麼管理庫存跟防止船員偷吃東西。」

「是啊。克爾特不會做菜，但他可是『狙擊手』。他看守的本事很厲害喔。」

「謝謝說明。」

那方面的確也很重要……可是——

「好吧。」

我站起身來。

「由我來做菜吧。」

「什麼？」

「身為佐爾丹的市民，我沒辦法接受你們來到佐爾丹之後，竟然用佐爾丹的食材做出這樣的料理。」

「哦、哦哦？」

不過最大的原因還是沒辦法空腹忍受難吃的東西啦。

我不容分說便往廚房移動，沒理會勉強跟著我走且顯得困惑的克爾特，迅速開始做起準備。

肚子已經餓一陣子，這次就不弄那些做起來很花時間的菜式。

「我要煮的一樣是豬肉蔬菜湯。」

紅蘿蔔不削皮切成小塊。根莖類就是靠近皮的地方最好吃。

蔥的切法是蔥白斜切成薄片，蔥綠則切成末。

然後把奶油分切成大塊，放在鍋子裡頭融化。

接著把蔬菜放進去確實炒過一輪。炒過之後，就可以防止蔬菜在煮湯的時候散掉，也不會讓食材本身的美味跟營養素滲出去。

豬肉切成薄片鋪在蔬菜上面。

水加到差不多蔬菜一半的量。現在還沒開始煮湯。

等到裡頭的水煮沸之後，就蓋起來悶個七分鐘左右。這樣處理的話，就會比熬湯更快煮透，也不會讓蔬菜的甜味流失。

接下來加水跟鹽巴煮到沸騰。一邊品嘗味道，一邊加入鹽巴、胡椒以及一點小罐子裡的魚粉讓味道融合在一起。

最後再加上切碎的香芹來點綴，讓它稀稀零零地浮在湯上就完成了。

「好了。」

盛到器皿裡後，蔬菜的香氣便飄散開來。

「也、也分給我一點吧。」

「可以喔，我做了差不多二十碗。」

克爾特從我手上把碗接過去後，便當場喝了一口。

「好喝！」

軍艦上的生活嚴苛到一般人難以忍受的地步。

也因為如此，靠港時如果讓士兵全數下地就會有人逃跑。

大部分狀況，以適合管理的人數為單位輪流下地休假，其他多數士兵則都在船艦上生活。

船長要是沒有善待士兵，甚至會有好幾年都下不了船的情況。

也就是說，就連船隻靠港停泊的時候，他們大致上也都在船上吃東西……吃那麼難吃的東西。

「我好久沒吃到這麼好吃的菜了。你是『廚師』嗎？」

「不，我的料理技能只有一般的等級1，就只是這樣而已喔。」

「等級1就可以做得這麼好吃啊！」

「技能雖然有幫助，但重點還是要先打好烹飪基礎。」

備料的意義、調味料的原則，還有一邊想像會做出怎樣的味道一邊烹飪的行為。

就只是這麼單純，但這世上的人會把任何事物的源頭都當成加護或技能，基礎很容易受到輕視。

就算沒有打好基礎，只要提高等級就能水到渠成的現實狀況也助長了輕視基本功的風潮。

不過能夠水到渠成的話，底子沒打好或許也沒關係就是了。

然而，如果照這種想法把沒有技能當成不會做菜的理由還視為理所當然，就是一種問題了吧。

「原來如此，做菜是要一邊想這些事情一邊做的呢。」

我教導克爾特基本的烹飪方式和調味料的用法後，他感到很感激似的不停點頭。

口氣也不知道為什麼變得比較有禮貌。

「那麼，你來幫我把菜端過去吧。」

結果我很認真地煮了船舶航行中應該也有辦法做的幾道菜色，有麵包粥、嫩烤魚乾，還有感覺跟啤酒很搭、鹹味比較重的馬鈴薯泥等。明明我還餓著肚子。

這些多做的菜色也有讓克爾特幫忙，不過麵包粥、嫩烤魚乾跟馬鈴薯泥都是簡單的菜色就是了。

「是！」

克爾特像在面對上官一樣對我敬禮之後，便拿起碗盤迅速地把菜分給大家。

雖然沒辦法讓這裡的所有人都吃得夠，但這些菜足夠讓一大群人吃了。

儘管我應該沒有情分需要做到這種程度，但聽見另一個房間傳來的歡聲，我對於自己嘴角上揚一事深有自覺。

看來那些菜受到了好評。

「好久沒吃到這麼好吃的料理啦！」

直到不久前都還是敵人的維羅尼亞兵包圍住我，給予我誇張的稱讚。

「重點是這些好吃的小菜都是克爾特這小子做的，真是太厲害了！」

馬鈴薯泥這種菜無論是誰都做得出來……這種想法也只有知道烹飪基礎的人才想得到。就像沒拿過劍的人就算揮劍也沒辦法好好地劈砍，沒有碰過鍋子的人就沒辦法順利把肉煮好。

而且，失敗的時候還會把沒有技能當成原因而接受現況，只要做得出還有辦法入口的東西，就會當成是沒技能的狀態下所能達到的極限。

「真的耶，這很好吃。」

「就說了吧，我的雷德很厲害喲。」

「沒錯、沒錯，我哥哥很厲害。」

薩里烏斯王子等人不知何時下來大廳，莉特和露緹也不知道為什麼並肩而站還起挺胸膛。

「唔嗯～我也一直覺得料理的部分一定要想辦法改善才行，畢竟黎琳菈菈對這方面一點也不在意嘛。」

薩里烏斯王子這麼低語的時候點了好幾次頭。

從這個時候開始，我就深刻覺得事態好像會變得很麻煩。

＊　＊　＊

然後回到現在，維羅尼亞軍立食餐會會場。

騷動過後，米絲托慕婆婆和特涅德市長竟然特地來到我店裡，委託我打理以士兵為對象的立食餐會。

「老師！今天請您多關照了！」

維羅尼亞軍的廚兵克爾特兩眼閃閃發亮地向我打招呼。

雖然我說交給擁有「廚師」加護的人比較好，但薩里烏斯王子和黎琳菈菈似乎說過非我不可。

而且叫我來似乎也有教克爾特做菜的目的在。

不過酬勞其實很好，好到我店裡平時的營業額根本不算什麼的地步。

「沒想到能在這種地方擺攤，我賣黑輪真的賣得很值得！」

捲起袖子的人是黑輪攤老闆娘歐帕菈菈。

「不，我是真的需要妳幫忙啦。」

我這麼說。歐帕菈菈是我覺得不安之後請來助我一臂之力的幫手。

「不過，今天的主角畢竟是雷德老兄嘛。我只是配角，你才是會讓人『筋筋』樂道的對象！」

歐帕菈菈這麼說完，就滿臉驕傲地開始處理牛筋。

這是怎樣？是黑輪笑話嗎？

「總之，畢竟都拿了那麼多酬勞，只能盡全力來做了。」

我拿出愛用的菜刀穿上圍裙。

「說起來，雷德的菜刀不是銅製的呢。」

「我也沒辦法啊。」

「沒辦法個頭啦。劍應該比較重要吧？」

歐帕菈菈感到有趣地笑了出來。

確實我用來保命的武器是銅劍，但拿來做菜的菜刀原料卻是鋼鐵。被人這麼一說，倒也覺得不可思議。

「雷德。」

聽見呼喚我的聲音而回過頭後，便看見莉特和露緹。

「我也準備好當助手了喔。」

「我會努力。」

莉特穿著紅色圍裙，露緹則是穿上畫有圓形貓臉的圍裙。不知道為什麼，她們兩人右手都拿著湯勺。

「想說這樣比較有做菜的感覺。」

莉特一邊用方巾遮住嘴巴，一邊「嘿嘿嘿」地笑出聲。

她們兩人雖然很可愛，卻都不擅長做菜。

一想到擁有超越常人的體能和精靈魔法的力量在做菜面前派不上用場，就會覺得烹飪很深奧。

好了，也該開始準備來做菜啦。

我把帶來的食材排在桌上。

「我會像平常那樣以黑輪為主，雷德老兄你打算怎麼做？」

歐帕菈菈這樣說。

歐帕菈菈平時就拉著攤位應對接二連三到來的客人，對她來說幫人數一百出頭的士兵準備立食餐會應該不算什麼。

歐帕菈菈跟我說話的時候手也沒有停下來，俐落地備著料。她一如以往的態度真的十分可靠。

「我打算做洋蔥湯、萵苣沙拉跟番茄起司沙拉，再加上蒜香牛排、炸薯條，甜點則是藍莓塔跟卡士達海綿蛋糕。」

「你做滿多種的耶。一個人忙得過來嗎？」

「我不是一個人，沒問題的。」

莉特跟露緹在另一邊分擔備料工作，會幫忙把蔬菜去皮並切成一份份。

「可是她們倆沒有料理技能吧？」

歐帕菈菈對我這麼說。

在這個世界，一群人一起做菜的行為並不是簡單的作業。

畢竟廚師持有的加護所帶來的技能會影響端出來的成果。

所以，烹飪基本上是以一道菜為單位來分擔作業。要是不這麼做的話，就沒辦法維持料理的品質。

「沒問題，她們倆都是很可靠的夥伴。」

我已經掌握好在這次的菜色上技能會派上用場的時機。

只要知道哪些該拜託人幫忙、哪些該自己做的話，就沒有問題了。

「雷德！皮都去掉了喔！」

「牛排的肉都切好分好了。」

而且，就算沒有料理技能，她們倆的身體能力還是出類拔萃。

理解該做什麼之後，進行單調工作的速度想必就跟一流廚師不相上下。

「好，那麼接下來……」

看見莉特跟露緹依照我的指示一步步完成備料的模樣，連手藝高超的歐帕菈菈也停下做菜的動作啞然無聲。

我轉頭看向歐帕菈菈並面露賊笑。

「就說很可靠了吧？」

「你們這些傢伙真的很厲害耶。」

歐帕菈菈就像投降一般舉起雙手。

＊　＊　＊

桌上排著許多擺在大盤子上的菜色。

補菜的部分好像是歐帕菈菈跟其他廚師會做，我的工作在餐會開始時就結束了。之後只要像現在這樣，一邊吃著歐帕菈菈的黑輪一邊觀望維羅尼亞兵的反應就好。

「這牛排超好吃的耶。跟在船上吃到的肉完全不一樣。」

「應該是醬料不同吧。而且這小小的蒜片還會提味。」

「洋蔥湯的味道也不錯呢。」

「有白色的起司跟紅色的番茄，再加上綠色的香芹，色彩很豐富，光用看的就覺得很美味。當然，喝起來也真的很棒。」

大家的評價都很高。無論是哪個維羅尼亞兵，日曬過的臉上都浮現開心的笑容。

「是水嫩水嫩的蔬菜耶！好猛喔！」

「是有煮熟的肉！」

……雖然覺得他們會高興只是因為評價基準很低，菜很好吃這點應該是不變的。

「有味道耶！太猛了吧——！」

聽見一名士兵感動至極地大聲喊出這麼一句話，我就真的忍不住抱頭苦思了。

「哈哈，不好意思啊。他也沒有什麼惡意啦。」

「薩里烏斯王子。」

我轉過頭去便看見薩里烏斯王子在笑，手上還拿著裝有牛排跟炸薯條的盤子。

「你不是應該在議會那邊參加外交餐會嗎？」

「那邊的事情交給黎琳菈菈應付了喔。大家很想聽聽傳說中的妖精海賊團船長的故事，還特地配上樂團配樂讓她說呢。那麼厲害的黎琳菈菈竟然會害羞地找米絲托慕求救，那景象可真是有趣。」

「那可真是不得了呢。」

「所以我就說要來看一下士兵們的狀況，就這樣溜過來嘍。不過，我也是真的想吃吃看你讓士兵們讚不絕口的料理啦。」

「沒有好到符合王族成員胃口的地步喔。」

「你可真謙虛。洛嘉維亞的公主對你的料理不是也很讚賞嗎？」

這些料理也算是那位公主做的啊。他想必沒辦法料想得那麼遠吧。

這讓我莫名覺得有趣，忍不住笑了出來。

「那就請慢用了。」

「我就不客氣啦。」

薩里烏斯王子吃了一口牛排，露出有點訝異的表情之後一下子就吃光了。

他的吃相有點粗魯卻還是感受得到氣質，不知道這是因為他是王族的一員，還是因為流著高等妖精的血呢？

「真好吃耶。好吃到我都想把你拉來當我們船上的廚師了。」

「請恕我拒絕。」

薩里烏斯王子開口大笑。他身上的禮服並沒有穿戴整齊。

儘管好看，但貴族看了應該會皺眉頭吧。

「嗯，你很在意這個？」

薩里烏斯王子或許注意到了我的視線，於是把自己的衣服拉好。

「禮服穿起來很不舒服，我忍不住。」

「王宮裡不是常常有機會穿嗎？」

「我從以前就喜歡容易行動的衣服。黎琳菈菈……母親常常因為這樣而罵我喔。」

薩里烏斯王子這麼說之後，臉上浮現有些難為情的笑容。

「我這種個性可能像父親大人吧，父親大人也常常給侍從添麻煩。」

「像令尊啊。」

擁有「帝王」加護的海賊葛傑李克。

既是英雄，也是讓許多人的人生一團亂的始作俑者。

「你們人真不錯。」

「啊？」

「我講到父親大人的事情時，你們的表情就會有一點變化。是為了我們才露出沉重的表情嗎？」

「嗯，我們是有一點想法。」

「父親大人的加護具有極大的力量，因此也是無可奈何。」

然而我的家人也有寄宿著「勇者」的露緹。

露緹就算被那麼強烈的衝動束縛，也一直想要做自己。

所以我對於「因為是『帝王』所以無可奈何」就這樣看開的態度有所不滿。

看著這樣的我，薩里烏斯王子瞇起眼睛。

「我們都知道給你們添了很多麻煩。」

「畢竟對佐爾丹來說，那是前所未見的大騷動啊。」

「可是你卻像這樣盡心盡力地為我們做菜。佐爾丹的人們也是。如果是在其他國家，做了這麼多暴行的人就算道了歉也很難令人接受。我本來想說應該會有一兩位市民拿石頭來丟我們呢。」

「要是有引發戰事的話，或許現在就不會這麼安穩了吧。」

「我是在充滿陰謀詭計的維羅尼亞王宮裡頭長大，那種純樸對我來說十分耀眼……聽說佐爾丹是靠年資與輩分來決定掌權者，這是真的嗎？」

「對。」

薩里烏斯王子訝異地「哦哦」了一聲。

「要是我的國家也是這樣的話，繼承問題那些應該就能輕鬆解決了吧。」

「要是維羅尼亞那樣的大國採取那種方式，馬上就會出事情喔。」

「是嗎？搞不好會意外地很順利喔？最高地位只需要裝飾品就行了，讓國家運作的可是人喔。」

「身為『帝王』兒子的你竟然會這麼說啊？」

「畢竟我的加護不是『帝王』，只不過是隨處可見的『射手（Archer）』罷了。負責當射手的我如果當王不是很奇怪嗎？」

「王子你不是剛剛才說過嗎？」

「……我說了什麼啊？」

「你說讓國家運作的是人，並不是加護。」

薩里烏斯王子呆愣了一會兒之後露出苦笑。

「真是傷腦筋耶。我真的想把你挖角過來了。」

「我會拒絕就是了。」

「你到底是什麼來頭啊……不，想這些也太不識相了。」

薩里烏斯王子叫住走過他附近的服務生，把用完餐的盤子遞給他。

「我差不多該回去了。剩下的調停應該不到半個月就會全部結束吧。我們會派遣使者前去維羅尼亞，但我們應該不會回去，而是棲身在某個國家吧。」

「你打算開戰嗎？」

「我雖然曾經想過捨棄一切逃去東方……不過我沒辦法忍受自己的國家在父親大人死後變成魔王軍的屬國。既然我身上流著父親大人的血，應該就會以解放維羅尼亞的理由開戰吧。」

我露出微笑和薩里烏斯王子握手。

「祝你旗開得勝。」

「謝謝，純粹幫人加油打氣的話語聽起來真不錯呢。」

他想必會面臨要與祖國為敵的艱辛戰爭吧。

然而今天這一瞬間的薩里烏斯王子臉上的笑容十分清爽。

＊　＊　＊

佐爾丹往西方約一千五百公里——

海上的鋼鐵軍艦一邊噴出黑煙一邊前進。

船艙裡頭有一名看起來頂多十幾歲的少女穿著洋裝坐在沙發上。

她正是蕾諾兒・渥夫・維羅尼亞。

身為維羅尼亞王國王妃，在葛傑李克的性命即將走到盡頭的現在，就算說她是維羅尼亞權力最大的人也不為過。

「如何？薩里烏斯行動了嗎？」

聽見蕾諾兒如同鈴鐺轉動般的嗓音，呈現禪坐姿勢的兩名王子睜開眼睛。

兩名王子都是身高接近兩公尺的美男子。

伍茲克和西爾維里奧兩名王子緩緩睜開眼睛，對著扮演他們母親的蕾諾兒露出白牙而笑。

「母親大人，薩里烏斯終於襲擊佐爾丹了。」

「這樣啊，他幹得不錯。」

蕾諾兒用扇子遮掩她歪曲的嘴角，優雅地笑了出來。

當然，蕾諾兒並不是妖精。她的年齡早已超過六十，照理來說應該已經邁入老年。

蕾諾兒使用各種藥品和魔法來維持她肉體的年輕。那是投入了她的肉體就算想捧也捧不完的黃金，藉此打造出來的東西。

不過，這裡所指的「肉體」只限於外表。即使擁有鍊金術和魔法的力量，也沒人知道延長性命的方法。假如知道了方法，想必就不會發生什麼繼承人的問題了吧。

蕾諾兒也像其他人一樣衰老。

「如此一來，黎琳菈菈、薩里烏斯還有皇姊都完蛋了呢。」

她有了討伐黎琳菈菈他們的開戰理由。

而且她還有這艘魔王船文狄達特，以及趁黎琳菈菈離開的時候剝奪指揮權，藉此得手八艘最新、最好的蓋倫帆船。不願服從的船員們已經都被趕下船了，現在行船的是一群傭兵。

這支艦隊能夠輕鬆毀滅佐爾丹這種程度的國家。

「可是母親大人有必要親自前往現場嗎？」

西爾維里奧這番話說得很有道理。

和米詩斐雅不同，蕾諾兒並沒有戰鬥技能。不僅沒有指揮軍隊的技能，也無法操控船隻或是預測天氣。

蕾諾兒就算在這裡也派不上任何用場。不過她搖了搖頭。

「我對於健康也很在意，因為我想要活得比皇姊還久。皇姊過著失意的人生，我則過著幸福的人生。這樣的時間越長越好。就是因為這樣，我才沒有殺死皇姊。」

蕾諾兒摸了摸自己的側腹。

「我似乎得了肝病。現今雖以藥物抑制，不過葛傑李克死了以後就輪到我了吧。」

「唔嗯。」

無論是人、妖精，還是惡魔，終將難逃一死。不死的阿修羅並不會那樣。

「所以我在死去之前，一定要親眼目睹皇姊痛苦而死的模樣。」

蕾諾兒的眼眸現在也燃燒著對親生姊姊的憎惡。

正是因為知曉自己的死期，蕾諾兒的內心才滿溢著生命力。

「人類這種生物還真有趣。」

「說得沒錯。」

人類很有趣。

所以他們兩人才選擇留在維羅尼亞，花費漫長歲月來奪取國家的方法。

擁有「帝王」這種稀有加護，順從加護的慾求成為王者的葛傑李克。

擁有「海賊」加護，本應順著天職一直當個海賊，卻為了葛傑李克當上將軍的黎琳菈菈。

儘管擁有「大魔導士」這種強大的加護，卻逃出故國的米詩斐雅。

以及擁有鬥士這種平凡的加護，卻能以謀略玩弄三名英雄，正打算取得最後勝利的蕾諾兒。

「如果沒有看到結局就說不過去了。」

「對啊。我現在很期待，想看看母親大人會怎麼死。」

阿修羅惡魔簡直就像在談論很期待的戲劇一般，嘲笑著蕾諾兒等人的人生。

＊　＊　＊

半個月後，佐爾丹港區——

佐爾丹的港口並不是臨海，而是靠著河川的小規模港口。

小型貨船可以入港靠近港區延伸出去的碼頭；不過大型船舶或者運送幾百名軍人的軍用船就沒辦法進入河川，只能停泊在外海。

海上有著許多小型舢舨船載運物資，從河口前往黎琳菈菈浮載於遠處外海的軍用槳帆船。

「看來挺辛苦的呢。」

「雖然每次都得這樣，但這種工作可是很費力的啊。像這樣從外頭看，就很佩服他們這樣都還有辦法作業。」

對於我說的話，黎琳菈菈如此回答。

從維羅尼亞航行至佐爾丹的槳帆船在回途啟程之前需要再整備一輪。

「話說妳本來應該去幫忙在那邊指揮得額頭冒汗的薩里烏斯王子，為什麼會在這裡悠悠哉哉地釣魚啊？」

黎琳菈菈遠離看似忙碌地工作著的維羅尼亞兵，在港區的角落垂下釣線，悠閒地……與其說是悠閒，不如說是發著呆垂釣。

「我已經把作為船長的知識全數教會薩里烏斯了。就算是從現在開始起步，他也有辦法成為名留青史的大海賊。不會有問題的。」

「王子去當海賊嗎？跟葛傑李克相反呢。」

「哈哈，相反嗎？這倒沒錯。」

「那麼，把話題拉回來，妳的表情為什麼這麼有氣無力？」

黎琳菈菈緩緩轉向我這邊。

黎琳菈菈的眼罩遮住一隻眼睛上的巨大傷痕，她的面容本應有著不小的魄力，現在卻露出沒有氣力的表情。

和現在的黎琳菈菈相比，在煮黑輪的歐帕菈菈還比較有魄力。

「你是為了說這些才特地來找我的嗎？」

「算是吧。」

「愛管閒事的傢伙。」

她毫不掩藏地對我露出厭惡的表情。

「真要說起來，雷德。你有臉講別人嗎？」

「妳這麼說還真失禮耶。」

「像你這樣的男人，怎麼有辦法擺出那麼鎮定的表情？英雄不是就該追逐未完的夢想，無論何時都帶著一張好像絲線繃緊一般的表情嗎？」

「就算妳這麼說，我也沒辦法啊。把備用的釣線跟釣鉤分給我吧。」

「這是無妨，不過我沒有備用的釣竿喔。」

我在黎琳菈菈身邊坐下之後，把入鞘的銅劍整個拿下來，在劍鞘前端空出來的洞口綁上釣線和釣鉤。

「很方便吧？」

「不，看起來會用得很不順手。」

「或許不適合用來釣魚，不過像這樣悠閒地望著河川打發時間可是綽綽有餘。」

「人類壽命明明很短，卻還做著這種事情，真是難以理解。」

黎琳菈菈聳了聳肩。我苦笑一下，指著黎琳菈菈的釣線前端說：

「妳都這麼說了，那麼魚餌被吃掉之後還一直垂著釣線的妳又該怎麼說？」

「什麼？」

黎琳菈菈拉起釣竿之後，便看見已經沒有魚餌的釣鉤搖來搖去。

她皺起一張臉，拿了一條新蚯蚓當餌刺在釣鉤上。

「傳說中的海賊竟然會白白讓釣餌被魚吃掉。」

「覺得每個海賊都很會釣魚可是一種偏見喔。」

黎琳菈菈的釣鉤落入河面發出「啪咚」的聲響。

釣鉤在河裡緩緩搖來晃去。

我們並肩而坐，手上拿著一直沒有東西上勾的釣竿，呆愣地望著河川。

後來，黎琳菈菈終於輕聲低語說：

「如果我在那個時候就講明一切，事情是不是就不會變成這樣了呢？」

「那個時候，指的是米絲托慕婆婆離開維羅尼亞之前嗎？」

「我講清楚的話，說不定米詩斐雅就會接受薩里烏斯，蕾諾兒的陰謀也不會成功。事到如今我還是會不禁思考，要是那樣的話說不定一切都會發展得很順利。」

「妳的意思是，妳為今後跟王子一起對抗維羅尼亞王國是不是個正確的選擇感到不安嗎？」

「就是這樣。雖然再怎麼想也無濟於事，事到如今我也不想說我們應該逃避……可是一想到可能又會因此後悔，我就一直沒有辦法好好直視將來。」

「就算米絲托慕婆婆能夠接受，也不能篤定五十年前的米詩斐雅小姐就一定有辦法接受吧？」

現在的米絲托慕婆婆距離當時的絕望已經度過十分漫長的時間。

她來到佐爾丹這裡改名米絲托慕，過了一大段身邊都是夥伴的時光。

如果對當時被逼得窮途末路的米絲托慕婆婆說出真相，要她把黎琳菈菈跟葛傑李克的兒子視如己出來養育的話，她到底有沒有辦法接受呢？

「就我來看，我覺得那時候的米絲托慕婆婆和妳之間產生致命性決裂的可能性也相當高。」

「……是這樣嗎？」

「而且更重要的是，葛傑李克王才是問題。」

「你說葛傑李克？」

「葛傑李克是『帝王』。因為那種加護很罕見，資訊很少所以我也不確定，但是四十年前的他恐怕沒辦法接受薩里烏斯王子。」

「你根本就沒見過葛傑李克，怎麼有辦法說得這麼肯定？」

「那個時候需要的是流著王家血液的繼承人，而不是葛傑李克的血脈。葛傑李克要是知道薩里烏斯王子的出身，就一定會以蕾諾兒的孩子為優先。」

黎琳菈菈皺起眉頭瞪著我。

「要是他能抑制加護的衝動，就不會跟蕾諾兒發生關係了吧？」

黎琳菈菈面露憤怒的神情，但她並沒有反駁我。

我稍微嘆了一口氣，盡可能用比較樂觀的口吻接著說：

「總之就是這樣，就算對過去後悔也於事無補。假如沒有盡全力還能另當別論，但妳一直都做出當下覺得最好的選擇吧？既然如此，那也是人生的一部分。」

「意思是說正確不正確，只有戴密斯神才會知曉嗎……你說得對啊。」

黎琳菈菈迅速把釣竿拉起來。

她釣起來的鯽魚奮力扭動身子。

「我先釣到了呢。」

「還能說出這種無關緊要的話，就代表妳已經沒事了吧。」

真受不了。

「雷德，你其實——」

黎琳菈菈凝視我的臉如此低語。

「嗯？」

「該不會是仙靈(Fay)或是別的生物，其實年紀比我還大？」

「怎麼可能有那種事啊。」

「呵呵，我只是開玩笑。」

黎琳菈菈開心似的笑著。僅僅半個月前，我們都還是互相搏命的敵手，但她的態度並不會讓人那麼覺得。

高等妖精知道對方可以信賴之後態度就會轉變。

看來我已經跨過讓黎琳菈菈信賴的那條界線了。

「薩里烏斯好像也挺中意你的……你意下如何？我們是遇上了暴風雨、載浮載沉的船隻，可是在撐過暴風雨之後，財寶跟名聲都唾手可得。如果是你的話，連公國的王座想必都有辦法拿到手……要不要來我船上？」

「我就不了，我喜歡佐爾丹這裡的生活。」

「居然秒答，還真可惜……哦，你的釣竿也釣到東西嘍。」

「嗯，好像釣到一條大尾的……唔，好重。」

綁在我劍鞘上的釣線拉得很緊。

劍鞘沒有彈性，沒辦法緩和釣線承受的衝擊，假如魚兒粗魯地掙扎，釣線應該會馬上斷掉。需要配合魚的動作來操縱釣竿……不，我現在的狀況是要好好操縱劍鞘。

「就說你該用一把正統的釣竿！」

我心裡有點同意黎琳菈菈那番話的時候，就看見河裡有個藍色的影子。

嗯──那是……

「……不對，呃，這是──」

我雙手用力使勁拉起來之後──

「登登～」

抓著釣線浮出水面的，是擺著某種姿勢、表情沒什麼起伏的少女。

「什，妳是！」

身經百戰的黎琳菈菈也一副打從心底震驚的模樣，嘴巴一張一合。

不過這樣也對啦，沒有操船技能的話游泳過來會比較快。

「需要毛巾嗎？」

「不用。」

對於我的話，少女搖搖頭。

看見黎琳菈菈嚇得不知如何是好的模樣，不知道為什麼好像很滿足的藍髮少女……

就是我的妹妹露緹。從河裡上岸之後，露緹就吸進一口氣，一下子全身蓄力。

砰！

隨著好像有什麼東西破裂的聲音，水氣化為微細的蒸氣吹散。

「這樣就好了。」

露緹確認衣服跟身體完全乾燥之後，便走向停止思考的黎琳菈菈。

「維羅尼亞的艦隊來了。指揮官是蕾諾兒王妃，距離抵達佐爾丹差不多還有十六個小時。」

她表情淡然地這麼告訴我們。

＊　＊　＊

我一個人在港邊釣魚。

露緹跟黎琳菈菈應該去佐爾丹議會露臉了。

往河川一看，便發覺黎琳菈菈的船隻正迅速準備出港。

既然艦隊是經由蕾諾兒的指示而來，其目的應該跟佐爾丹本身沒有關聯。

黎琳菈菈他們應該也沒打算以佐爾丹為據點抗戰，而且就算那麼做也沒有勝算。

既然如此，黎琳菈菈他們應該只能遠離佐爾丹，逃去某個地方吧。

「是蕾諾兒啊……」

我想起以前救過一命、對我表達愛意，而且還企圖殺死我的那名女性的面容。

「嘿咻。」

我拉起綁了釣線的劍鞘之後，便發現有一條小魚咬在釣鉤上。

「這種釣竿偶爾也釣得到魚啊……看來這可以用來煮湯。」

像我這樣子打發時間，還真不像是維羅尼亞艦隊逼近的時候該做的事情。

不過──

「蕾諾兒看見我的話，應該一眼就會看穿我的真實身分吧。」

就像蕾諾兒對米絲托慕婆婆來說是米詩斐雅這個身分的敵人，對我而言蕾諾兒也會是吉迪恩這個身分的敵人。

那是我無論怎麼擺脫、無論多麼想要擺脫都揮之不去的過往，曾經讓我憂鬱了好一陣子。

「雷德。」

莉特的聲音傳了過來。

我回過頭去，發覺莉特兩手捧著冒出白色熱氣的杯子站在那邊。

「如何，有釣到東西嗎？」

「只有釣到一條小魚。」

莉特坐到我身邊，把杯子遞過來。

她遞給我的是可可牛奶。

那杯可可牛奶經過莉特的魔法加溫，喝進我在冬季河畔垂釣的身體之後，有一種在我體內緩緩擴散開來的感覺。

「好喝嗎？」

「嗯，很好喝耶。」

「不錯吧，我一直在練習喔。」

「練習？」

「雷德泡給我的茶跟熱可可都很好喝，不過就算是雷德，有時候也會想喝別人泡給你的飲料吧？為了能夠在那種時候泡給雷德喝，我練習了一陣子。」

我又喝了一口可可牛奶。

有著溫和的甜味，還有彷彿包覆我受寒身體的暖意。

「好喝。」

我覺得嘴邊僵住的表情肌好像鬆弛了下來。

我和莉特並肩而座，望著河川以及黎琳菈菈位於遙遠地方的船隻。

「雷德。」

「怎麼了？」

「你之前曾經說過吧，說慢生活不是用來束縛生活方式。」

「錫桑丹那個時候嗎？」

「這次換我來說喔。我們的慢生活，並不是要忍耐什麼東西的生活。我們應該要以我們的步調來度過最快樂，而且沒有後悔的人生才對吧？」

莉特的肩膀碰上我的肩膀。

她天藍色的眼眸凝視著我的眼睛，可愛的嘴巴溫柔地笑著。

「假如要擔心以後的事情，就等事情發生的時候再擔心。如果戰火追上我們，要挺身應戰也行、覺得麻煩想要逃跑也行，即使不去理會也沒關係。最重要的應該是去做當下想要做的事情，不要因為任何束縛而在人生中留下悔恨。」

「……莉特妳說得沒錯。」

我把釣鉤拉出河面，把鉤子上的魚餌抽下來，放到河川裡頭。

魚餌還在釣鉤上的時候看都不看一眼的魚兒一下子就把魚餌吃掉了。

那條魚可真聰明。

「而且啊——」

莉特一邊站起身子一邊說：

「蕾諾兒的行為讓我很生氣。我覺得不能直接打她一拳的話還挺可惜的！竟敢誘惑我的雷德，怎麼可以壞到那種地步呢！」

「哈哈哈。」

我想起還在勇者隊伍裡的時候，獨自一人望著地圖思考作戰的情形。

我已經沒有那個時候擁有的許多魔法道具，也沒有「勇者的夥伴」這樣的頭銜。

現在我的手上只有便宜的銅劍、願意依偎在我身邊的戀人、我心愛的妹妹，還有可以信賴的夥伴。

什麼嘛，現在的狀況明明就比較可靠。

朝向佐爾丹議會所在的中央區，我和莉特並肩向前邁步。

我們前往官署、抵達了議會。衛兵沒有跟我們起爭執，我們很順利地進去裡頭。

不過這也是理所當然的，畢竟我這裡可是有英雄莉特在。

「雷德先生，你和亞爾貝戰鬥的時候我有看見。有機會的話還請教我劍術。」

「哎呀？」

一名年輕衛兵對我敬禮。

「大家都很了解你有多棒喔。」

莉特這麼說，看起來很開心地笑著。

＊　＊　＊

佐爾丹議會議事堂——

我們步行的走廊地板鋪著毛皮絨毯。

往年會用到這個房間，頂多就是用來決定颱風災害的復興預算。

今年冬至祭結束後卻每天都有人在使用這間房。

連清理的時間都沒有而留在絨毯上的無數鞋印，彷彿表現出這個國家的混亂。

走在這樣的廊道上，我和莉特朝著會議室前進。

「雷德先生、莉特小姐。」

媞瑟注意到我們而前來搭話。

看來媞瑟剛才在房門附近跟乘坐在她手背上的憂憂先生玩耍。

「兩位也過來了呢。」

「現在是會議休息時間嗎？」

「是的。因為大家一直你瞪我、我瞪你，打算先冷靜一下再繼續。」

「會議進展得不太順利嗎？老實說我滿意外的。」

雖說是會議，佐爾丹這邊能做的頂多就是讓薩里烏斯王子他們從佐爾丹離港吧。至於薩里烏斯王子那邊，應該也不會傻到說出要守在佐爾丹這邊抗戰才對。

佐爾丹位於出海口再進來一點的位置，蕾諾兒的大艦應該無法入侵，然而就算那樣，只要讓士兵登陸壓制就行了。

佐爾丹的城牆很容易就能越過，想必也沒辦法期待有多好的防禦效果。

而且海戰高手黎琳菈菈的部下們就算在陸地上戰鬥也沒有辦法發揮實力。

就算在佐爾丹迎擊，也只會因為數量差距而全軍覆沒。

所以對薩里烏斯王子來說，應該也想要儘早離開佐爾丹，逃離蕾諾兒他們……不然就是要在海上戰鬥了。

「我覺得無論是佐爾丹還是薩里烏斯王子，應該都會覺得讓薩里烏斯王子從佐爾丹離港才是正確的做法。」

「是的，一開始本來以這個方向整理出結論，可是……」

媞瑟的嘴型有點歪曲，覺得傷腦筋而聳了聳肩。

我和莉特搞不懂是什麼狀況而面面相覷。

「發生什麼問題了嗎？」

「要說問題……也算是問題吧。」

莉特的疑問讓媞瑟稍微嘆了一口氣。

「一開始會議進行得很順利。薩里烏斯王子會離開佐爾丹，佐爾丹也會盡全力幫忙處理剩下的補給物資。之後佐爾丹沒辦法庇護薩里烏斯王子，而如果維羅尼亞艦隊要求提供情資或者補給，佐爾丹也沒辦法拒絕——內容就是這樣。」

「還滿妥當的啊。」

「我也這麼覺得。不過問題發生在會議遲到的米絲托慕婆婆趕到之後。」

「米絲托慕婆婆？難不成米絲托慕婆婆為了保護薩里烏斯王子跟黎琳菈菈，要求佐爾丹也徹底抗戰……不對，米絲托慕婆婆的個性不可能會那樣。」

「是的，當然不是那樣。米絲托慕婆婆看了議事錄之後，採取全數同意的態度。」

「後來才出問題嗎？」

「米絲托慕婆婆說要和薩里烏斯王子一起離開佐爾丹。」

「……原來如此。」

的確，她就算說出這種話也不奇怪。

「那麼佐爾丹方面的反應呢？米絲托慕婆婆是受人景仰的佐爾丹英雄，所以大家反對她離開嗎？」

「一開始就有反對聲浪，後來米絲托慕婆婆就對與會人員表明了自己的出身。」

「她說出自己是維羅尼亞的王妃了啊。」

「這樣一來，佐爾丹方面也只能認同米絲托慕婆婆該陪薩里烏斯王子離開了。」

「這樣不就解決了嗎？」

「可是……」

這時走廊另一端的某段階梯傳來了喀喀鏘鏘，金屬相互摩擦的聲音。

「發生什麼事了？」

「不曉得。」

媞瑟也在意是什麼情況，於是將視線轉往聲音來源。

金屬聲隨著腳步聲越來越接近，發聲者向上走完階梯之後，終於在走廊上現身。

「喔喔，雷德跟英雄莉特！你們也來了啊！」

如此喊著這句話的人是特涅德市長。

他的身後聚集了佐爾丹的大人物。

然而這可是我跟莉特都沒有見過的大陣仗。

「維羅尼亞王國不算什麼！現在就是展現佐爾丹榮耀的時刻！」

肥胖的貴族舉起拳頭大喊。

隨著他的動作，又響起了金屬的摩擦聲。

那群人的年齡層都在中年後半，其中甚至有超過七十歲的老人，不過每個人身上都穿著盔甲，露出血氣方剛的表情在走廊上行進。

他們的腰際配戴閃閃發亮的全新佩劍。

「特涅德市長，這是怎麼回事？」

我沒有隱瞞疑惑地提出詢問。市長整張臉都充滿勇敢的笑容。

「佐爾丹要和無法無天的蕾諾兒王妃交戰啊！」

原來如此，這就是起爭執的理由啊。

不過我真沒想到處事謹慎的特涅德市長會這麼行事。

「這到底是怎麼回事！」

在別的房間聽見騷動、來到走廊上的米絲托慕婆婆大喊。

米絲托慕婆婆身後有著跟我們一樣露出驚訝表情的薩里烏斯王子和黎琳菈菈。

「我們當然——」

威廉男爵代替特涅德市長答話。

威廉男爵中年發福的身體披著盔甲，持續受著一定程度鍛鍊的姿態散發出威嚴。

「能夠為了守護敬愛的一名佐爾丹市民而戰。」

米絲托慕婆婆承受著威廉男爵筆直凝視的目光，一句話也說不出來地愣在原地。

＊　＊　＊

會議室——

我和莉特也加入會議，大家再次開始討論。

「奇怪？露緹和亞蘭朵菈菈不在嗎？」

「米絲托慕婆婆過來、會議暫停之後，她們馬上就去為開戰做準備了。」

「做準備？」

「她們說要一起去米絲托慕婆婆的祕密聚落，把這裡交給了我。」

露緹應該是覺得與其在沒有進展的會議上浪費時間，不如善用有限的時間才採取行動的吧。

「不過還真是意外。」

「是啊，沒想到佐爾丹會為了米絲托慕婆婆一人跟維羅尼亞王國這種大國開戰。」

怠惰之地佐爾丹。

東部和北部被「世界盡頭之壁」阻擋，既是暴風雨會通過的地方，也因為廣闊的溼原而難以開拓新的聚落。

水源豐富，對於會長出農作物的土壤不需要付出什麼就能收穫足量的農作物。然而由於暴風雨肆虐而常常一無所獲，討厭自然和努力的怠惰個性就成了佐爾丹的特徵。做事隨便，明天能做的事今天就不會做。佐爾丹人就是這樣。

「你們為了我一個人，就要讓佐爾丹暴露在戰火之中？該對佐爾丹人負起的責任怎麼辦！」

「既然這樣，也問一問佐爾丹市民就好了。如果有人想逃跑我們不會阻止；不過我們佐爾丹軍有著拚上性命守護市民的覺悟。」

「您對魔法師公會有恩，現在就是展現我們研究真正價值的時候。」

「米絲托慕大師對冒險者們來說確確實實是英雄。聽說您打算和薩里烏斯王子一同對抗維羅尼亞，就有許多人志願一起戰鬥。」

「盜賊公會與妳的關係雖然不太親近，但我們這種黑社會的居民也一樣很尊敬妳。我們也會幫忙緩和城裡的混亂。」

最後是特涅德市長點頭，把話接下去：

「每一位市民心中都有屬於自己的責任，而我們是基於自己的責任而想要守護您。房子或許會燒掉吧，不過重新蓋就好了。佐爾丹已經習慣失去了。然而，佐爾丹也知道有些事物只要失去一次，就再也拿不回來。」

特涅德的話語中沒有迷惘。怠惰之地佐爾丹。

「對啊，是這樣沒錯。」

「嗯，是這樣沒錯呢。」

看著他們的模樣，我跟莉特都點頭贊同。

我跟莉特在這個城鎮生活了好一陣子。

平民區怠惰且做事隨便的居民們，也在我們眼前展現過許多次為同伴付出的情誼。

我們也看見在畢格霍克事件之後，處事隨意的佐爾丹人沒有把差點就要暴動的南沼區居民視為危險分子，而是像以往那樣悠悠哉哉地跟他們相處。

「佐爾丹就是這樣的地方啊。」

我說的話讓莉特笑了出來。

「洛嘉維亞的公主或許會說要打一場沒有勝算的仗實在荒謬，可是佐爾丹的莉特會為他們的悠哉引以為傲。」

看見我們竊竊私語地交談，黎琳菈菈跑了過來。

「你們在偷偷摸摸講什麼東西啊，快阻止這些人！可不能讓他們被捲進毫無勝算的戰爭！」

「給佐爾丹添了這麼多麻煩還說這種話，海賊還真的都只顧著自己耶。」

「現在不是開玩笑的時候吧！」

「抱歉、抱歉，不，我是真的覺得抱歉，但我跟莉特也有一樣的心情。」

我對莉特使了一個眼色之後，莉特就繃緊表情，帶著身為英雄莉特而滿溢自信的表情走近桌子。

「對手是大國維羅尼亞王國，就算在一千年後的史書想必也會留名，稀世的大惡女蕾諾兒王妃。她率領的八艘船隻是最先進的蓋倫帆船，還有葛傑李克從暗黑大陸帶回來的魔王船文狄達特。與之相對，我們這裡有薩里烏斯王子的一艘舊式軍艦，以及佐爾丹的三艘卡拉維爾帆船。佐爾丹的城牆能夠輕易越過，要是對方從河川入侵的話沒有東西可以阻擋他們，而且我們也沒有時間了。狀況差不多就這樣？」

威廉男爵等人的表情顯得陰鬱。莉特無懼地笑了出來。

「狀況確認完畢，接下來只要取勝就好了呢。」

為什麼莉特會被稱作英雄莉特呢？

原因一定是她有著這份充滿自信的聲音和笑容吧。

如果是莉特，無論是什麼樣的絕望都能打破——莉特的聲音與笑容有著令人如此相信的力量。

「儘管佐爾丹的悠哉也令人驕傲，但我是覺得莉特令我引以為傲。」

我用沒人能聽得見的聲音低語後，為了找出致勝的方法而走到莉特身邊。

＊　＊　＊

「這場戰爭的用意或許不是保護佐爾丹，因此就算有人逃跑我也不會追究。不過，這場戰爭要守護的對象是保護了佐爾丹的英雄。」

威廉男爵緊握拳頭如此演說。

在威廉男爵身前，有著佩帶些微彎曲的軍刀且身穿騎兵用輕型鎧甲的佐爾丹走龍騎士、以鎖子甲加上斧槍與十字弓作為武裝的衛兵、腰際佩上細劍有所裝飾的貴族、裝備沒有一致性的冒險者、黑色大衣內側隱約露出利劍的盜賊，以及拿著簡樸長槍與木製盾牌的佐爾丹市民們組成的義勇兵。

「米絲托慕大師移居佐爾丹的時候是在四十五年前。哥布林王的殘黨讓佐爾丹陷入危機的時候，她和散發著光芒的帆船軒轅十四號一同現身。當時的我只是不懂事的孩子，不過我還記得米絲托慕大師救過人們所發出的歡聲。」

聚集在這裡的人們之中，知道當時狀況的年長者都倒抽一口氣。

米絲托慕婆婆的過去原本要保密，不過佐爾丹軍務的高層直接打破了這個原則。

佐爾丹人們也理解到，與正要襲擊佐爾丹的維羅尼亞王國之間所確立的衝突，起因就是身為佐爾丹英雄的米絲托慕婆婆的過去。

好奇著佐爾丹人到底會有怎樣的反應，我跟媞瑟在角落觀望那些人的樣子。

「唔、喔喔！終於可以對米絲托慕大師報恩了哪！」

資深的冒險者大喊。

「米絲托慕大師的敵人對我來說也是敵人！要把對方打個落花流水！」

那些人，尤其是四十五年前就已屆懂事年紀的佐爾丹人勇敢地發出吶喊，然後看起來很開心似的笑了出來。

明明想要回報救了自己的幾位恩人，卻為了不讓維羅尼亞得知米絲托慕婆婆的事情，有不成文的規定使得至今一直沒有留下正確的紀錄。

就算面臨即將上戰場的狀況，這四十五年間一直忍著不說的稱讚也化作笑容滿溢出來了吧。

「這城鎮真的很不錯呢。」

「是啊。」

我跟媞瑟也像這樣互相表達同意。

這時有一道人影朝這樣的我們跑了過來。

「喔喔，媞法閣下、雷德，你們在這裡啊。」

「特涅德市長。」

結果特涅德市長把穿不習慣的盔甲脫了下來，改成在方便行動的鎖子甲外頭套上一件繡有佐爾丹共和國國章刺繡的罩衫。

似乎是金屬鎧甲太重了。

「不愧是英雄莉特，靠那個作戰的話一定會勝利。」

特涅德市長得意洋洋地這麼說。

莉特提議的作戰是水上戰。

不過我方迎擊時不會離開河川。

當然，佐爾丹的小船想必敵不過維羅尼亞的軍艦。

然而，巨大的魔王船和蓋倫帆船艦隊也都沒辦法航進淺水河川。

如果敵方乘上用來登陸的小船，就算是佐爾丹的船隻也能占上風。

問題在於敵方成功自海岸登陸的狀況。

「竟然要將我方主戰力的卡拉維爾帆船用作火船，真是大膽的戰法啊。」

莉特的作戰重點，是在卡拉維爾帆船上堆積鍊金油跟柴火，當成撞擊敵船的火船來利用，使對方加以戒備。倘若是卡拉維爾帆船的積載量，想必有能讓蓋倫帆船沉沒的破壞力。

要是對方企圖採取自海岸登陸攻打佐爾丹的行動，我們就趁隙讓船撞過去引爆。只要有火船在，維羅尼亞軍也沒有辦法隨意讓士兵下船。

跟維羅尼亞王國相比，佐爾丹共和國完全就是一點實力都沒有的小國。

這場戰爭對維羅尼亞來說是不可能落敗，只會得勝的一戰。

因此，維羅尼亞該想的不是能不能贏，而是要用什麼方式來贏才會有最好的結果。既然蕾諾兒沒有運用黎琳菈菈旗下的海軍而是召集傭兵，那就更是如此。傭兵對於一定會贏的戰鬥，可是會珍惜性命。

簡單來說，維羅尼亞不能損失任何一艘軍艦，一定要完美地取勝才行。

如果勝利條件一樣，對我們來說就是沒有勝算的一戰。不過勝利條件不同的話，我們就有機會取勝。

「這是摸透對手心理的優異作戰。不過真是太糟蹋了，怎麼能讓英雄莉特當藥店老闆的妻子呢……啊，我這句話失言了啊。」

我狠狠地瞪了一眼之後，特涅德市長便慌慌張張地收回他的話。

「可是，市長。我本來以為你一定很討厭米絲托慕婆婆呢。」

「的確，會讓人這麼想也是無可奈何。說老實話，我認為米絲托慕大師以一名政治家做出那種決定，絕對不是能夠褒揚的行為。」

特涅德市長老實地承認。

「以一名英雄的力量來統治的國家很脆弱，這種做法大概不能說是要讓國家自立自強。守護國家不該倚靠少數力量，而是要靠全體國民才對。而這是我的理念。」

「加護並不平等，所以由優異的少數來支配乃理所當然。明明這才是一般的想法，你的想法可真有趣呢。」

「就算是英雄也有享受平凡幸福的權利，你說是吧？唉，不過我會這麼說……」

講到這裡，特涅德市長暫且停頓了一下。

「兩位口風很緊，所以我想講個明白。」

「有什麼內情嗎？」

「不是什麼了不起的事情。不過這對我來說可是大事，嗯，對，還有戰爭開始的話，我說不定也會死去。若是留下一件難為情的事情，之後也能當成笑話來看待吧。」

「總覺得你有講跟沒講差不多耶。」

「哈哈哈，雷德先生，看見你和英雄莉特，我又有跟之前一樣的想法。」

「我跟莉特？」

「如果米絲托慕小姐肩上的重擔能夠早點去除的話……她說不定就會接受我的求婚了吧。」

「咦，市長對米絲托慕婆婆求婚？」

「是我年輕時候的事情了。當時的米絲托慕大師雖然已過妙齡，仍然是名充滿魅力的女性。現在也很有魅力就是了。不過，我當時只是商人公會裡頭一個算錢的小伙子，或許是我單純配不上英雄而已。」

特涅德市長難為情似的笑了出來。

在阿瓦隆大陸東方遠處的邊境佐爾丹。

無論這裡發生了什麼事，都是不會被記錄在史書裡的小國。

不過就算是這裡也有人生活，有各式各樣的人生。

所以像這樣選擇挺身奮戰，一定也不是什麼奇特的事情。

＊　＊　＊

「倉庫裡面有投石機喔！是四十五前的！」

「那玩意兒能動嗎？」

佐爾丹這邊正在進行準備。

港區和城牆排列著持弓或標槍的士兵與民兵們。

河流上除了有三艘佐爾丹軍的卡拉維爾帆船，還有搭載士兵的商用小型船舶在上頭展開船陣。

最令人驚訝的大概就是黎琳菈菈的槳帆船也都駛進河裡了吧。

雖說那是吃水較淺的槳帆船，要把那麼巨大的船隻駛進河裡，想必也要黎琳菈菈的技術才辦得到。

「這樣一來，我覺得要把維羅尼亞軍驅逐走也不是不可能。」

媞瑟看著持續準備的佐爾丹人這麼說。

的確，我也覺得狀況看起來並不差……

「還有什麼擔心的地方嗎？我知道雙方戰力有差距，不過目前說是最好的狀況也不為過。」

媞瑟看見我陰鬱的臉色提出疑問。不，這方面確實就如媞瑟所說的沒錯。

「只是啊，莉特的作戰內容雖然很完美，卻常常有無法順利進行的狀況。」

儘管會出事都是沒人預料得到的意外所造成，不是莉特的作戰有問題，還是不免令人擔憂。

洛嘉維亞的戰事也是，她一臉得意地講出「我有個好主意！」的作戰每次都不太順利，常常要靠我們來救場……

「那也不是莉特小姐不好。那種事情，想必不會在這一次的戰鬥中發生吧。」

「也對，是我想太多了吧。」

我和媞瑟相視而笑。沒錯，那不代表這次也會有那種意外。

雖然不代表會發生，不過我們應該還是要討論好備案，嗯。

「我們去看看露緹那邊準備得怎麼樣了吧。」

「好的，去看一下吧。」

露緹去米絲托慕婆婆的部下們所居住的森林，我和媞瑟決定去確認她的狀況。

＊　＊　＊

隔天——

朝陽離開水平線的時候，佐爾丹人在輪流小睡片刻途中迎來早晨。

「英雄莉特。」

「威廉男爵，怎麼了嗎？」

「B級冒險者露露與媞法、高等妖精亞蘭朵菈菈、米絲托慕大師，還有藥店老闆雷德這五個人似乎不在。」

「雷德他們似乎另外編隊分頭行動了。」

「分頭行動？」

「我也沒有細問，不過他們說過戰鬥開始時會跟我們會合。」

「這樣啊。我不太清楚狀況，但總指揮官有掌握到的話就沒關係。」

在這場戰事中，位居總指揮官身分的是佐爾丹軍高層的將軍威廉男爵。

然而實際指揮所有軍力的責任交到了英雄莉特手上。也就是說，佐爾丹軍高層的威廉男爵被納入了莉特的指揮之下。

威廉男爵是沒有實戰經驗的將軍，可是就算如此，也很難這麼乾脆地把自己的權限交託給冒險者。一般來說會拉不下面子，或是因為戰後的責任歸屬問題，而讓他難以交出指揮權。

威廉男爵等人能夠下定如此決心，讓莉特打從心底訝異且欽佩。

就像莉特當時在洛嘉維亞公國否定了勇者一樣，這是十分有勇氣的行為。威廉男爵和莉特一起乘上積載炸藥的卡拉維爾帆船。

「這艘船有英雄莉特和佐爾丹最強的走龍騎士們。剩下的兩艘船上，一艘載有冒險者公會幹部迦勒汀和其他冒險者，另一艘是薩里烏斯王子和他麾下的水兵。有這樣的陣仗就能安心了。」

除此之外，十艘商用帆船上也搭載許多士兵和冒險者，準備迎戰蕾諾兒的維羅尼亞軍，難以想像這會是出自佐爾丹的龐大軍勢。威廉男爵情緒激昂，彷彿自己成了將要赴身戰場對抗魔王軍的騎士。

「威廉男爵，身為指揮官的你怎麼可以忘記現實狀況呢？敵人可是比我們強大數十倍。不久之前你們還在害怕黎琳菈菈光是一艘軍艦就能壓制佐爾丹吧？這次要來的可是最先進的八艘軍艦，還有維羅尼亞王國的王牌魔王船。」

「這、這麼說是沒錯。」

威廉男爵露出好像被潑了冷水一樣的表情困惑起來。

莉特直到剛才都還在四處奔走鼓舞士兵們，說是這樣的軍勢一定可以取勝。

「我會鼓舞你們，是要讓你們鎮定下來。要不然……接下來目睹跟現實之間的落差，會讓士兵們內心動搖喔。」

威廉男爵「咕嘟」一聲吞下一口口水。莉特的手指向大海。

看起來很遠的海洋上出現一道很大的影子。

因為還有一段距離，士兵們沒辦法體會那道影子到底有多大。

但他們應該馬上就會明白。

「雖然之前已經聽說過……可是居然有這麼大！」

只有莉特一人由於那艘船莊嚴的樣貌而驚訝起來。

她從米絲托慕那裡聽說過魔王船文狄達特的外貌。

不過聽別人講跟像這樣實際用自己的眼睛來看，兩者之間的魄力完全不一樣。

全長一百二十公尺的超大船身。

隨行在周邊、全長四十公尺的蓋倫帆船艦隊看起來甚至像小船。

文狄達特的煙囪噴出黑煙，巨大的外輪一邊攪動海水一邊靠近佐爾丹。以煤為動力的鋼鐵明輪船，是以不存在於阿瓦隆大陸、未知的工學技術打造而成。那就是魔王船文狄達特。

「喂、喂，那艘船是怎樣，在冒煙耶。」

「那真的是船嗎？比貴族的宅第還要大。」

「中央原來有那種東西啊？」

隨著文狄達特越來越近，有越來越多的佐爾丹士兵內心出現動搖。

「莉、莉特閣下！」

威廉男爵一邊發抖一邊看向莉特。

文狄達特和蓋倫帆船艦隊馬上就會抵達河口附近了吧。

「威廉男爵，士兵們都在看你。位居上位者無論面對多麼絕望的狀況，都必須抬頭挺胸。」

「我、我也知道自己很不像樣……可是，我沒辦法停止顫抖。」

威廉男爵眼眶泛淚，同時用力拍打自己的大腿。

即使如此，他的雙腿還是不停發抖。

「就算這樣——」

莉特看著威廉男爵露出微笑。

「就算這樣我也不會覺得你很膽小。你把一切交給了我。你不是自詡辦得到，結果在緊要關頭失敗；而是擁有將自己做不到的事情委託他人的勇氣。」

莉特舉起右手。

「就是因為如此，我們才有辦法顛覆這種狀況。」

莉特將意識朝向周遭的風。

「風之精靈啊，引領我們邁向勝利！操控之風！」

緩緩吹拂在河上，令人舒服的風勢靜止了。

「好了，船員們緊緊抓住帆索！」

莉特大喊。

下一瞬間強烈的順風吹來，推進佐爾丹的船隻。

「有風！」

操船的人們急忙操作船帆。

莉特看見每艘船都已經鎮定下來之後，便提高嗓門說：

「水上戰是在河川上、順風的一方占有優勢！」

莉特宏亮的聲音傳達出去。

不過她的大嗓門並不會令人聽了不舒服，而是擁有好像會讓人聽得入迷一般的奇妙音色。

「巨大的船很可怕？看都沒看過的大艦隊很恐怖？確實在大海上遇到這樣的情形，一定沒有辦法承受吧。不過這裡是佐爾丹，根本沒有能夠容納那種巨大船舶的港口，而這點你們比任何人都還要清楚吧？那些船沒有半艘可以抵達佐爾丹。我們要對抗的，都只是從那艘船上下來的小船而已。無論是風，還是河川，甚至是我們居住的佐爾丹，都會妨礙對手的行動，站在我們這邊！」

「我們……能贏嗎？」

某個人如此低語。儘管那聲音很小，莉特還是聽見了。

「問能不能贏？」

莉特說到這裡停頓，緩緩環視凝視著自己的士兵們。

對於她這樣的動作，在這一段時間，所有人的目光都沒辦法從莉特身上移開。

他們迫切地期待莉特的下一句話。

英雄莉特——

洛嘉維亞公國會有人不去理會國王選定的皇太子，推舉她當下一任的女王，不單只是因為她的加護十分強大。

「這是當然！我賭上我自己英雄莉特的名號！這場戰鬥並不是要讓大家擁有守護米絲托慕婆婆而喪命的藉口。而是要好好守住米絲托慕婆婆，讓佐爾丹驅逐大國維羅尼亞王國的事蹟流傳後世！」

在一片寂靜之中有人吶喊：

「贏得勝利！」

就像要回應這聲吶喊一般，莉特讓更強勁的風勢吹拂起來。

風兒帶著莉特的聲音，讓所有士兵都能清楚聽見。

「我們要大獲全勝！」

莉特的話語打動了士兵們的內心。

「贏得勝利！贏得勝利！贏得勝利！」

大家相互吶喊、相互鼓舞，士氣無窮盡地高漲。

超越了加護，天生就具有作為公主的魅力。

人們感受到的，是跟隨英雄莉特就能順順利利的安心感。

「贏得勝利！」

看見在莉特身後跟著士兵們一起大喊的威廉男爵，莉特露出苦笑。

她這麼做，想必會有更多人問她要不要再當一陣子冒險者吧。

（只要能跟雷德平靜地生活，對我來說就很足夠了。）

不過，正是因為擁有這樣的領袖魅力，莉特才能在洛嘉維亞公國與雷德互為對等同伴地肩並肩奮戰。也是因為這樣，她才會離開故鄉，並且和心愛的雷德重逢。

因此莉特不會否定自己的能力。

人生真是不可思議——莉特在心裡如此低語。

「我要儘快解決，然後回到雷德跟我的家裡去。」

莉特於左右執起愛用的兩把曲劍，瞪著維羅尼亞的艦隊說出這句話。

第五章 純潔的惡女

維羅尼亞王國引以為傲、最先進的蓋倫帆船悠然逼近進入臨戰態勢的佐爾丹。

巨大軍艦在出海口附近成群列隊。

三根船桅展開無數船帆，能夠面對風勢採取複雜的動作。

甲板上有一百人以上的武裝傭兵蠢蠢欲動，也排列著大型弩砲和登陸用的小船。

至於船隊中央，則有阿瓦隆大陸那些最先進的蓋倫帆船都會為之遜色、巨大無比的鋼鐵船舶坐鎮。

「我、我們要跟那種東西戰鬥嗎？」

威廉男爵以顫抖的聲音低聲說。

他會這樣也是理所當然，海戰的基礎就是要依靠船舶的高度。

取得制高點的一方能在利用弓箭等武器的射擊戰占上風；若要闖到對方船上，也是位置較高的一方比較有利。

要是就這樣正面對戰，佐爾丹一下子就會全軍覆沒。

「果然很怪。」

在這樣的情況下，只有莉特抱持著不一樣的情感。

「那確實是足以毀滅一個國家的艦隊，不過要攻打佐爾丹的話，沒有必要趕盡殺絕到這種地步。要動員那種程度的船隊、那麼多的人員，到底要花上多少費用？」

雖說戰爭取勝很重要，以最小的代價來取勝也同等重要。曾為軍國公主的莉特對這點十分了解。

獅子就算要狩獵兔子也會使出全力，不過這樣的做法在戰爭中並不正確。配合對手將被害與費用盡可能壓低，並且派出百分之百能夠取勝的兵力才是最佳戰法。

就這點來看，蕾諾兒的艦隊除了過頭還是過頭。

眼前的大艦隊看在莉特眼裡，與其說是身分、地位、權力都遠遠居上的王者舉止，還更像是失去理性而歇斯底里地胡亂揮拳。

這時魔王船甲板上有了動靜。

「那是蕾諾兒王妃，還有伍茲克王子和西爾維里奧王子吧。」

有三個人影站在甲板上。

蕾諾兒如同人偶般纖細、好像會壞掉一樣，有著少女的外貌。站在她兩旁的，則是有著貌似神話英雄雕像的兩名美男子。

莉特一行人與蕾諾兒他們還有一段距離，不過莉特經過加護強化的視覺能夠清楚看見蕾諾兒和兩名王子。

兩名王子正在用雙手結印。

莉特將左手的曲劍刺上甲板，擺出隨時能用魔法應對的架勢。

王子們發動魔法，在空中映照出巨大的蕾諾兒虛像。

「親愛的佐爾丹共和國人民啊。」

如同鈴鐺轉動般悅耳，卻多少令人覺得像是人工製造、不太自然的聲音響起。

「我是蕾諾兒．渥夫．維羅尼亞，維羅尼亞王國第二王妃。今天是代替偉大的維羅尼亞國王葛傑李克陛下前來此地。」

蕾諾兒的虛像說著這樣的話，而在可愛之中……滲出惡意並露出微笑。

「我們是來拯救各位的。我們知道薩里烏斯的兵力未經國王許可，便攻擊了你們的小小國度。我們是來討伐愚蠢的王子一行人，以及玷汙維羅尼亞王國名聲的非法之徒，還請各位放心。」

浮在空中的蕾諾兒虛像說著這樣的話，看向黎琳菈菈的船。

蕾諾兒的虛像單純只是投影，她並不是透過那個虛像來觀察事物。

不過那眼神確確實實地俯視黎琳菈菈的船，使得虛像看起來就像實像一般。

「她還真是習慣呢。」

莉特說道。

站在甲板上的蕾諾兒本尊正看著什麼東西都沒有的方向。

那樣的舉動源自於讓虛像有所動作的訓練。

蕾諾兒沒有理會莉特的警戒，接著繼續說：

「我們過來是為了拯救佐爾丹。親愛的各位人民是我們的朋友，我們不會帶來恐懼，也不會帶來流血。我們是來幫助各位的。」

「竟然說要幫助！」

有人如此大喊。

蕾諾兒巨大的眼睛悠然轉往傳出那句話的方向。

「是的，這事十分簡單。對佐爾丹而言，只要告訴我們有害的存在位在哪裡就行，只需要這樣而已。所以，還請各位交出薩里烏斯、黎琳菈菈；還有自稱米絲托慕，騙了各位的女性……我的皇姊米詩斐雅王妃。」

蕾諾兒的虛像居高臨下地俯視佐爾丹的軍勢並這麼說。

莉特判斷對方八成不留交涉餘地，正打算採取行動，卻被威廉男爵伸手制止。

中年將軍向前踏出步伐後，瞪著位於上空的蕾諾兒虛像回答：

「我拒絕。」

就這樣一句話。響徹戰場的那句話，聲音強而有力。

就像莉特的演說一樣，那句話有著英雄持有的力量。

「沒有半點交涉餘地。被妳稱作米詩斐雅王妃的人可是我們的米絲托慕大師，妳那種要我們背叛她、要我們讓她絕望的計謀才是無比醜惡。我們雖然是個小國，但可做不出那種出賣朋友、對仇敵阿諛奉承，不知羞恥的行為。拔出妳腰際的劍吧，維羅尼亞的惡女……放馬過來，由我們來當妳的對手！」

儘管只有一瞬間，以虛像擴大的蕾諾兒面容確實顯得膽怯。

面對大國的王妃，儘管只有短暫的時間，邊境的中年將軍氣魄占了上風。

「那就沒辦法了。輕視偉大的維羅尼亞王國的罪行、區區小國卻敢開口要我拔劍的傲慢罪行，以及對皇姊而言最珍視的事物的罪行。呵呵呵，要是我把這個國家燃燒殆盡，把各位的頭顱排在灰燼上頭的話，不知道皇姊會不會因此絕望呢？」

蕾諾兒的面容醜陋地笑了出來。她連心中燃燒的憎惡都絲毫不隱藏了。

「要我拔劍？面對各位這種程度的東西，根本就沒有那種必要。我只需要開口命令就行。光是如此，各位就會毫無意義地死去，只會有這樣的後果。」

蕾諾兒的虛像第一次筆直地面朝前方，看向什麼都沒有的遙遠景色。

這是因為站在船上的蕾諾兒本尊看了佐爾丹。

「把他們全部殺掉。」

小船從船艦上接二連三地下水，上頭搭載著傭兵們。皮膚曬得黝黑、身材精壯的傭兵們往佐爾丹划起小船。

「該、該怎麼辦，莉特閣下。我不禁怒火中燒，說了那樣的話。」

事到如今才在害怕的威廉男爵身子不停地顫抖。

他的樣子看起來或許很不中用，然而……

「你們覺得呢？」

莉特詢問周圍的騎士們。騎士們面露笑容回答：

「將軍！請您放心，我們從來沒有像今天這樣，這麼以身為佐爾丹的騎士為傲。」

「雖然身為伙伴的走龍不在，待在不習慣的船上也令人不安，但將軍的話語消除了我們的迷惘。」

「我們是以威廉將軍閣下為傲的佐爾丹騎士。能在這麼大的舞臺上與閣下一同戰鬥，如此榮譽想必連我去年過世的叔父都會羨慕不已。」

騎士們朝威廉男爵舉劍。

「還請您下令！」

威廉男爵感動至極地溼了眼眶，輕咳一聲清嗓子打算下令。

「啊，指揮權不在我手上，已經交給莉特閣下了。」

結果，他用有氣無力的聲音講出這句話。騎士們的臉上浮現笑容。

莉特也點點頭，覺得這樣的傾向很不錯。

「那麼，威廉男爵。可以麻煩你把劍借給我一下嗎？」

「是，那當然，沒問題。」

莉特收下威廉男爵的劍並且筆直地舉向空中。

「藥店莉特借用此劍代替率領佐爾丹軍的威廉將軍對佐爾丹的英雄們發布命令！」

莉特將劍筆直地朝向蕾諾兒的艦隊。

「如同計畫，在黎琳菈菈的軍艦所在的線上展開防衛線，不要讓敵方艦隊靠近。都聽清楚了吧！好……佐爾丹全軍前進！」

魔王船維持在後方，登陸用的小船從出海口逆流航進河川。

綜觀阿瓦隆大陸的歷史，大艦隊之間的激戰可是多不勝數。然而這場戰事並沒有那樣的規模。

暫居後方的大型船艦甚至沒有做出即時迴避的準備，船帆沒有展開，開戰的也都只是小船。不過這可是佐爾丹建國以來前所未見的大型海戰。

黎琳菈菈在槳帆船上看著佐爾丹軍的模樣嘆出一口氣。

「真是的，這明明是場佐爾丹得不到任何好處的戰爭，他們卻這樣賭上性命來幫我們……！你們聽好！千萬不能讓佐爾丹人遇害！我們已經欠下非常大的人情，就算奉上裝滿整船的財寶也還不清！要是再繼續虧欠下去，就算搜集全世界的財寶也不夠！」

「遵命！」

一齊釋放的箭矢對蕾諾兒的登陸部隊傾注而下。

傭兵們受到貫穿、發出慘叫，激烈地掙扎。由於小船翻覆，於是傭兵們慌忙抓住底部朝天的船。

佐爾丹先取得優勢，正式開戰了。

「這樣行不通！退後、退後！」

黎琳菈菈的船朝海面傾注箭矢，使得蕾諾兒麾下乘著小船的傭兵們忍耐不住而向後退去。

長了一些白髮的傭兵隊長看見此景，便指示自己指揮的船隊，要他們迂迴前進。

「簡直就像要塞一樣啊。要對抗那種對手根本就不成買賣，交給其他人去就好。」

然而等待著他們的是兩手持著曲劍的英雄莉特。

黑影輕盈地躍上天空，隨著衝擊降落在傭兵們的小船上。

「什、什麼？竟然是女人！」

縱使驚訝，傭兵們還是毫不猶豫地刺出長久使用的劍。

他們和佐爾丹的冒險者們果然不在一個水準上。

儘管處於混亂狀態，訓練和經驗還是能讓這些精兵反射性地應戰。

不過——

「喝啊！」

莉特大聲吶喊的同時，雙手的曲劍就如暴風雨一般四處發威。

傭兵的劍什麼也沒砍中，保護自身的盾牌也被越過，曲劍的大型刀刃觸及其身。

不僅攻擊沒有命中，連防禦也沒有辦法，傭兵們轉眼間就被砍得倒下。

壓制了小船的莉特並沒有歇息，而是再次跳躍。

「噫！」

在她毀掉三艘小船的兵力時，傭兵們開始爭先恐後地跳海逃跑。

「嗯，用錢找來的傭兵就是這樣呢。」

儘管傭兵們會為了信用賭上生命，忠誠心卻沒有高到能在明知會死的狀況下戰鬥。

「走龍騎士們也成功擾亂企圖從海邊登陸的部隊。看來傭兵們也覺得接連應戰很麻煩，不想要由登陸戰轉為攻城戰，而是想要突破河川，從城牆的內側登陸。」

莉特一邊確認狀況一邊嘀咕說：

「蕾諾兒的傭兵們動作逐漸變得遲鈍。他們本來以為可以輕鬆得勝，事態卻出乎意料地令人愛惜性命了呢。」

＊　＊　＊

「這樣的話，再推一把就行了。」

蒙面的薩里烏斯指示部下們向前進。

薩里烏斯王子操縱的卡拉維爾帆船乘著莉特引起的順風以及河川的水流，以滑行般的速度突擊蓋倫帆船的側腹。

蓋倫帆船朝逼近過來的卡拉維爾帆船放出既沒有規律又不密集的箭矢。

而且他們讓小船和士兵下水的動作並沒有停下，似乎沒有把小型的卡拉維爾帆船判定為敵人。

「哼，外行人。」

薩里烏斯這麼說並笑出來之後，便對部下們打了個暗號。

薩里烏斯一行人一跳上繫在帆船後的小船，便立刻把繩子砍斷。

他們盡全力遠離順風筆直前行的卡拉維爾帆船。

當對方發覺薩里烏斯要讓船撞上去的時候已經來不及了。

時機很完美。就在帆船即將撞上去的一瞬間，卡拉維爾帆船隨著轟然巨響而爆炸。

蓋倫帆船甲板上的傭兵們被轟飛，空了一個洞的船船大幅度傾斜並逐漸沉沒。

「竟、竟然在船上堆炸藥！揚起船帆！採取避碰操作！」

「要下水的士兵暫緩行動！需要留下兵力守住主船！」

剩下的七艘蓋倫帆船急忙揚起船帆。

不過他們受到逆風吹襲，巨大的蓋倫帆船沒有規律地各自移動。

「喂！別過來啊，會撞船的！」

「你們才要讓開！我們動不了啊！」

「什麼！我們也沒法操控……！」

兩艘蓋倫帆船撞在一起。船身大幅搖晃，也有士兵從甲板上跌落。

其他幾艘船也仍然無法好好操縱船帆，陷入無法控船的窘境。

看見他們那副德行，黎琳菈菈笑了出來。

「妳就沒有想過，為什麼我明知最先進的蓋倫帆船會被妳盜走，卻還是將其留在維羅尼亞？那的確是阿瓦隆大陸最強的新型船舶。不過啊，要完美操縱那種船，半吊子的訓練並不足以應對。對於只懂得操船皮毛的傭兵來說，負擔太重了啊。」

本應從蓋倫帆船下來的增援沒了，海上的傭兵們士氣越來越低落。

不足掛齒的邊境小國佐爾丹的人民遠比他們想像得還要難以應付。

英雄莉特自然不用說，佐爾丹的士兵們也勇敢地奮戰。

傭兵們理解到，要是在這樣的狀況下進攻，會為自身帶來強烈的損害。

他們漸漸不喜歡接近敵方，也開始出現從射程外的距離射箭、裝作在戰鬥的人。

既然引起了這樣的狀況，很快就會發生傭兵們接二連三逃跑，讓戰線崩潰的結果。

在戰線崩潰之前下令撤退，先讓傭兵們集合一次才是上策。

莉特已經確信佐爾丹先贏下了第一回合。

（這樣蕾諾兒會不會稍微露出後悔般的表情呢？）

莉特看著毫無動靜鎮坐於艦隊中央的魔王船。

站在甲板上的蕾諾兒似乎在與兩名王子談論什麼事情。

「……她在笑。」

莉特看見蕾諾兒嬌小的臉蛋開心似的笑著。

她忍著不讓自己因為不祥的預感而不安，擺出架勢讓自己能應對任何發展。

然而接下來發生的事情，就算是英雄莉特也只能在原地目瞪口呆。

「不可能……！」

莉特不禁如此叫喊。

兩名王子在甲板上結印，兩人周圍還坐著五名維羅尼亞的魔法師像王子那樣集中精神。這七個人到底在做什麼，看在沒有魔法知識的人眼裡也是一目了然。

「魔王船……漂浮了起來！」

雖說是漂浮，但也不是離開水面飛在空中。

然而鋼鐵船文狄達特卻在不可能航行進去的河川上開始前進。

想必是王子等人的魔法把船抬起來，使得本來應該觸底擱淺的巨大船舶得以在河川裡頭前進。文狄達特可是全長超過一百公尺的鋼鐵船。

就算用上七個人的力量，用魔法把那種船舶舉高照理來說不可能。就連人類最強的魔法師「賢者」艾瑞斯都未必能做到。

「阿修羅惡魔的魔法。」

莉特握緊曲劍的劍柄這麼說。

那是超越人類智慧的力量。

位於戰場上所有的人類、妖精，甚至連蕾諾兒的傭兵們都停止戰鬥，呆愣地凝視著魔王船。

「不妙！」

最先回過神來的人是莉特。她馬上回到自己的卡拉維爾帆船上並且大喊：

「威廉男爵！快讓這艘船撞上去！要是那玩意兒到了佐爾丹，我們就輸了！」

「知、知道了！」

莉特的船張開船帆迎風吹拂向前航行。

「……！」

忽然，莉特從船上跳了出去。

她用曲劍將飛過來的一支箭擊落。而這引起了劇烈的爆炸，發出轟隆聲響。

「莉特閣下！」

威廉男爵急忙讓船停下。

莉特由於爆炸而被吹向後方，不過還是平安降落在甲板上。

然而，她受到爆炸的波及而受了傷。

「那艘船上有高等級的『魔弓師』！剛才用箭矢把火球術射了過來！」

「從、從那種距離使出火球術？竟然有那樣的加護！」

魔王船的甲板上有個男獵人，他手持有身高那麼長的巨弓，戴著縫有龍眼珠的帽子。他的臉上露出賊笑，居高臨下地望著莉特他們。

這艘堆積了炸藥的船要是被火焰魔法擊中，想必會立刻引起大爆炸。儘管莉特身手了得，在這樣的距離也很難迎戰擁有「魔弓師」加護的人。

再加上，甲板上的傭兵們射出的箭矢就像暴風雨般來襲。

就算不是擁有專門射擊的加護，守護那艘船的傭兵們也都是蕾諾兒能夠依賴、千錘百鍊的菁英，對於英雄莉特來說並不是能夠輕易突破的狀況。

「該、該怎麼辦，莉特閣下！」

威廉男爵發出慘叫。

「……雷德。」

莉特如此嘀咕後露出微笑。

沒問題的，我還有雷德他們在。

還有那裡的菁英傭兵們根本就比不上，在這個佐爾丹過著慢生活的一眾世界最強英雄在。

所以莉特並沒有陷入絕望。

＊　＊　＊

蕾諾兒居高臨下，滿足似的看著海面上的蝦兵蟹將。

醉迷於勇氣，在沒有勝算的戰爭中逐夢的人知曉現實因而絕望的樣子無論看幾次都令人愉悅。

那個囂張的高等妖精海賊黎琳菈菈一臉拚命地吶喊要人應戰，但也因為她很優秀，進而理解到己方將會敗北，在臉上顯露出絕望。

「判斷失誤了呢。」

蕾諾兒望著黎琳菈菈的模樣這麼說。

黎琳菈菈想必是因為得到了佐爾丹的援助，覺得占了地利吧。

然而，在出海口被封鎖的狀態下，黎琳菈菈位於河上的船已經無路可逃。

她們已經落入了蕾諾兒的手中。再來只要輕巧地在手指頭上施力，一切就結束了。

「不過我還不會殺妳，妳就放心吧……要殺妳也是在皇姊面前殺。我會先花上好幾天來拷問妳。等到皇姊哭著乞求我放過妳，拚命求我殺了她之後，我就會踐踏她的願望，把妳殺掉。」

蕾諾兒的目光熊熊燃燒。

確定人生最後的野心將會達成，蕾諾兒終於放聲大笑。

「這就是妳落敗的原因，蕾諾兒。」

「皇姊！」

蕾諾兒回過頭去。那是她不可能聽見的聲音。

不過，或許是姊妹間扭曲的牽絆，讓她聽見了不可能聽見的聲音也說不定。

蕾諾兒看見一艘隨著水柱出現的船。

她認識那艘彷彿要以劈開海面的速度筆直前進的老舊船舶。

「那是皇姊的軒轅十四號？怎麼會！這不可能！」

莉特看見那幅情景轉為笑臉，然後大聲喊道：

「雷德！」

「抱歉！讓妳久等了！」

站在甲板上的是雷德、媞瑟、亞蘭朵菈菈，以及——

「蕾諾兒！出其不意地加以襲擊，可是我海賊公主米詩斐雅的拿手絕活！」

「皇姊！」

米絲托慕婆婆居高臨下地俯視蕾諾兒。

蕾諾兒雖然反瞪回去，但她看見忽然進入她視野的面容，表情出現了變化。

「……怎麼會！那是吉迪恩！」

「母親大人！快抓住我們，船會撞上的。」

「來人啊！把那東西抓起來！讓他在我眼前跪下！」

「母親大人真是聽不懂人話！」

伍茲克王子抓住蕾諾兒的手。

幾乎就在同一時間，雷德等人搭乘的軒轅十四號猛然撞上魔王船。

劇烈衝擊就連英雄級的傭兵都難以承受，他們光是抓住船邊讓自己不要從甲板落下就已拚盡全力。

而且，為了抬高魔王船而集中精神的魔法師們根本無從招架。

他們察覺受襲的時候就已經被拋到空中，留下蕾諾兒和兩名王子落入海裡。

魔法崩毀，魔王船削過河床、前進一小段距離後便擱淺了。

可怕的魔王船已經無法前進也無法後退。

雷德一行人跳到魔王船上。看見姿態狼狽的蕾諾兒，我像是覺得傻眼一般地低語：

「唉……讓一名既不是軍人又是生手的王妃來指揮，就是敗因了吧。」

蕾諾兒打算出奇招讓對手的內心失去希望。

原來如此，這的確很有蕾諾兒的風格。不過戰場上的正道就是要讓自己理所當然地能夠獲勝，並且就此得勝。

有風險的奇招並不是戰力占有優勢的一方該使出的計策。

蕾諾兒讓難得擁有的壓倒性戰力一點一滴地消失了。

＊　＊　＊

把時間往前拉，來到維羅尼亞和佐爾丹的戰爭開始之前。

在露緹和亞蘭朵菈菈之後，我和媞瑟，以及米絲托慕婆婆前往祕密住所。

「您知道露緹大人在想些什麼嗎？」

被媞瑟這麼一問，我稍微思考一下之後看向米絲托慕婆婆。

「應該是去保養船舶了吧。」

「……我以前那艘船，軒轅十四號確實在附近的隱密海灣裡頭。雖然裡頭的家具都拿去聚落了，但船本身還能用。話說回來，你竟然知道我的船還在，真是有一套呢。」

「聚落裡有些物品會讓人覺得是從船上拿下來的，不過房屋並不是船隻解體後的廢料所搭成。既然如此，我就覺得船隻應該還在。」

「露緹大人是不是也察覺到了呢？」

「那當然。」

既然我發覺了，露緹也一定有所察覺。

露緹她很優秀。

「既然這樣，我們就別去聚落了，直接去船那邊吧。米絲托慕婆婆，能不能麻煩您帶路呢？」

「我知道了，跟我來吧。」

我們順著媞瑟的提議變更路徑，前去船隻所在的海灣。

一如預料，那裡有幾名來自聚落的老人正做著出港準備。

「大小姐！」

其中一名老人看見米絲托慕婆婆後喊道。米絲托慕婆婆揮手回應：

「露緹跟亞蘭朵菈菈在嗎？」

「嗯，藍髮小妹妹和高等妖精她們在這裡。」

我們很快就找到露緹和亞蘭朵菈菈。

她們倆似乎是一邊看著地圖一邊擬定作戰。

「哥哥。」

我一過去，露緹就很開心似的露出微笑。

「是不是讓妳們等得有點久了？」

「不，沒關係，我們在想要怎麼闖進魔王船。」

露緹她們在看佐爾丹周遭的地圖。

她指著佐爾丹小河灣的一個位置。

「把船藏在這邊。」

「確實從海上前往佐爾丹，這邊應該會成為死角。不過從這裡到敵方船隻還有一段距離喔，要是被蓋倫帆船阻擋的話，就沒辦法抵達魔王船了。」

露緹對我的話語表達同意。

「嗯。我會從這邊開始運送。」

「運送是什麼意思？」

「用手推。」

露緹舉起雙手，面無表情地彎曲雙臂擺出自己很壯的姿勢。

不過露緹的威力是「勇者」加護所賦予的能力，她的手臂是很符合一名少女，只有肌肉的纖細手臂。

真可愛。

「交給我吧。」

聽到露緹這番話，米絲托慕婆婆一副不知道該說什麼才好的樣子看向我。

「如果是露緹就辦得到。」

「……看來不是在開玩笑呢，知道了，我就相信你們。」

「一舉定勝負。我們必須以偷襲的方式登上魔王船。只要能登上對方的船，船的性能就無所謂了。」

露緹這麼說，然後牽起我的手。

「哥哥……希望你能幫我。」

我笑著回答：

「我當然會幫妳啊。一起戰鬥吧。」

露緹緊緊握住我的手。

「謝謝。」

她這麼說並笑了出來。

＊　＊　＊

露緹以在海面上發動的聖靈魔法盾作為踏腳石，對船全力使出擒抱。

「我馬上追上去。」

露緹這句話一瞬間就被留在後頭，船隻以極快的速度在海上奔馳。

米絲托慕婆婆不用多說，就連媞瑟和亞蘭朵菈菈都因過於強烈的衝擊而發出慘叫。

真不愧是露緹。不愧是我妹妹。哥哥很驕傲。

軒轅十四號衝過一片混亂的蓋倫帆船，撞上魔王船的船尾使其無法航行。

我們在魔王船的甲板著地之後，立刻朝向蕾諾兒所在的船頭跑過去。

「阻止他們！」

蕾諾兒的傭兵聽見西爾維里奧王子的指示後馬上有所反應。

阻擋我們的是「英雄」、「劍鬼」與「符文騎士」。

高階加護的大集合，蕾諾兒擁有的一眾菁英傭兵。

其中格外顯眼的是「魔弓師」，他戴著縫有龍眼珠的帽子。

「是熟面孔呢，巴哈姆特騎士團的吉迪恩。」

「既然會這麼說，你應該是弗蘭伯格的殺龍者弗利德吧。」

「魔弓師」拉緊弓對準我。

「我還想說這種鄉下地方的小角色沒什麼好獵的，沒想到會出現這麼棒的對手！這樣才好，你才有資格當我的獵物！」

「魔弓師」一邊結印一邊以獨特的射法放出箭矢。

「避開也必死無疑的魔彈！看你要被貫穿而死，還是要被波及而死！選一個吧！」

那是注入了重力球魔法的箭矢。

的確，就算躲過了，那還是有讓半徑十公尺範圍灰飛煙滅的威力。

既然如此，只要這樣就行了。

「什麼！」

我用左手抓住「魔弓師」的箭。魔彈的發動條件是箭矢要命中。

像這樣讓它無法命中任何地方的話，魔法就不會發動，進而消滅。

「你的技能太依靠魔法了，重要的射箭技巧只有這種程度的話可派不上用場。」

「可惡！」

「魔弓師」想要射出第二支箭，不過我用「雷光迅步」即時拉近距離。

對方也不是省油的燈，馬上就放棄弓箭而拔劍應對。

不過他的劍技只能輔助而已，我的劍術可沒有鈍到會被他擋下來。

「呀啊！」

我的劍刺穿「魔弓師」，使他流血並當場倒下。

「弗利德被打倒了！」

一名傭兵如此叫喊。儘管只有一瞬間，但他們對眼前的媞瑟等人喪失了注意力。

那一瞬間還不及一秒，不過光是這樣便已足夠。

媞瑟揮劍，亞蘭朵菈菈揮下手杖。

連發出叫聲的機會都沒有，擁有強大加護的傭兵們便噴血倒下。

「這些人是什麼來頭！太強了吧！」

菁英傭兵們的表情浮現困惑與恐懼。

「敵人的動作變遲鈍了，就這樣直接突破。」

「了解！」

我們跑過甲板。

「米絲托慕婆婆，麻煩阻止側面的敵人。」

「包在我身上！灰燼風暴！」

具腐蝕性的灰之風暴襲擊傭兵們。

我們在畏怯的一眾傭兵之中砍殺而進，毫無停滯地跑過一百二十公尺長的甲板。

「蕾諾兒！」

米絲托慕婆婆大喊。

她的視線前方是有著少女外貌的蕾諾兒。

受到兩名有如神話戰士雕像般勇猛的王子守護，蕾諾兒看著米絲托慕婆婆……還有我。

我們終於來到了蕾諾兒的身邊。

＊　＊　＊

魔王船文狄達特。

以未知技術打造，會噴出蒸汽的鋼鐵船。它在佐爾丹的河床觸底擱淺，可以說已經失去了作為一條船的機能。

在它的船頭，伍茲克王子和西爾維里奧王子雙手持起斬馬刀擺出架勢。

「大劍二刀流啊。」

一般來說那並不是可以單手揮舞的武器，不過兩名王子用粗壯的手臂握起來之後，就會覺得能揮舞是理所當然的事。

蕾諾兒悠然站在他們身後說：

「皇姊，在我死前還能夠像這樣重逢，真是令人高興呢。」

「不過對我來說，妳可是我捨棄的過去呢。沒想到妳到現在還對我這麼執著。」

「我就是不喜歡忍耐。」

「真是的！妳到底像誰啊！」

殺氣強烈到好像即將開戰，但兩人之間有王子們擋著。

必須先打倒那兩個人才行。

我往右邊移動一步時，蕾諾兒的目光捕捉到了我。

「還有，吉迪恩。我真沒想到還能跟你再見上一面。」

「我可是不想再見到妳啊。」

「明明就有一位這麼迷戀你的女性，你這句話還真是殘忍。」

「說錯了吧，妳應該想殺了我才對。」

「沒錯，我就是非常迷戀你，並且想要殺死你，兩者想法都出自於我。我這次不會讓你逃跑，一定會殺了你。」

「……我真的不想再碰上妳。」

看見我的表情扭曲，蕾諾兒看起來很開心地笑了出來。

我仍是少年時的記憶浮現在腦海裡……不過我跟以前的我不一樣了。

「母親大人，請您退下。該是我們兄弟出場的時候。」

西爾維里奧王子為保護蕾諾兒而站好位置，然後——

「吉迪恩，能再見到你真是令人高興。」

伍茲克王子往我這邊靠近，並且開心似的露出猙獰的笑容這麼說。

我把劍身舉至上段跑向伍茲克王子，一口氣拉近距離。

伍茲克王子將斬馬刀擺成十字，擋下我的一擊。

「鏗——」的一聲，發出尖銳的聲響。

「母親大人！我們要暫時休息一陣子！直到戰鬥結束為止，請您原諒我們不當您的兒子！」

「真沒辦法。不過看見你們變身的人必須全部消失才行喔？就算是在這種邊境，讓你們的真實身分曝光也還是太早了。」

「我們知道了。幸好這裡是船上，應該有辦法不放過半個傭兵，全數殺光。」

伍茲克王子和西爾維里奧王子的身形膨脹變大。

抵擋兩把斬馬刀的我頭上又有四把刀刃襲來。

「喝！」

面對傾注而來的斬擊，我放聲吆喝之後抵擋斬擊，並且把劍朝向大幅敞開雙臂、王子露出獠牙的臉刺去。不過我這一擊在千鈞一髮之際被伍茲克王子躲開了。

在反擊的刀刃揮來之前，我翻身拉開距離。

這個時候，西爾維里奧王子和伍茲克王子的樣貌已經變成了擁有六條手臂的阿修羅惡魔。

「你變強了啊，吉迪恩。能像這樣跟你對打，我打從心底感到高興。」

「格夏斯勒！」

阿修羅惡魔開心似的晃晃肩膀。

「惡、惡魔啊——！」

背後傳來慘叫。

蕾諾兒的傭兵們看見變成阿修羅惡魔的王子，深怕自己身上會發生什麼慘事。

「這樣子背後就容易應付了啊。」

大多數傭兵都失去戰意，焦急地後退。

我本來預計要在緊要關頭擋下後方的兵勢，不過現在看來只需要專注在阿修羅惡魔與蕾諾兒他們三個人身上就可以了。

確認狀況之後，我重新把劍握好。

「雷德！」

「沒問題的。」

對於亞蘭朵菈菈擔心似的聲音，我笑著回答。我的手臂正一滴滴落下血液。

這只是擦過皮膚的輕傷，不過差點就成了重傷。

「格夏斯勒，沒想到你竟然會是下一任維羅尼亞國王啊……那時候我可是連想都沒想過。」

「人生充滿驚奇。就算活了幾千年，我的人生也不曾感到無聊。畢竟現在也像這樣，我又一次遇見先前沒能到手的喜悅。」

兩名王子的真面目。

吃下蕾諾兒產為死胎的孩子，奪去其面容的阿修羅惡魔。

他們是以前和米絲托慕婆婆並肩作戰的格夏斯勒與朱葛拉。

六條手臂各自握著一把斬馬刀，他們的站姿和我們以前對戰過的錫桑丹不一樣，給人一種強壯戰士的印象。

我可以靠知識和經驗來推測對手的加護和等級再戰鬥。

因為能在知曉對方能力的狀況下戰鬥，就算是「引導者」這種弱小的加護也能拚得平分秋色。

然而，阿修羅惡魔是唯一沒有加護的種族。

和魔王軍的戰鬥也是，阿修羅惡魔變多之後我的戰鬥方式就有所限制。

「格夏斯勒……你也很強啊，有贏過錫桑丹的長處，卻沒有任何地方輸給他。既然你作為王子而生，應該和大型戰役無緣才是？」

我的話語讓曾為伍茲克王子的格夏斯勒笑著回答：

「我們跟不殺死別人就沒辦法成長的人類不一樣。」

「……你說什麼？」

「身為王子的日子帶來了許多成果。能與這個大陸修習武藝的人或思想家交談，盡情地運動。有時會與地位崇高的人一同飲下美酒、飽嘗美食，以及擁抱美女。有時會與平民一同耕田，把草根煮來吃，一手拿著便宜的酒來歌唱。每一種經驗都是在阿修羅格舍德拉難以獲得的。」

「這樣就能讓你變強嗎？」

「與你相遇，也成為了我的力量喔。強大的年輕人應有的模樣也是我難以學習到的事物。學習會帶來喜悅，喜悅就是力量。」

格夏斯勒持刀的架勢帶有壓迫感。

遠離戰鬥竟然還能變強——

「阿修羅惡魔的性質還真奇特。」

「看在我們眼裡，這個世界受到加護支配的生物還比較像異形就是了。」

格夏斯勒說了一些話，而且那對這個世界來說一定是十分重要的事情……不過我現在把那些話排除在我的意識之外。我先呼出一口氣，把力氣灌注在握著劍柄的手上，然後拔劍。

比我記憶中的格夏斯勒還要快，而且還要敏銳。

我打算持劍擺出架勢的時候，有一股魔力從我背後迸發。

「唔。」

站在蕾諾兒身前的朱葛拉迅速擋住蕾諾兒。

「紅蓮風暴，展現我的憤怒吧！烈焰風暴！」

猛烈的火焰包覆蕾諾兒他們。

不過朱葛拉的刀刃砍掉米絲托慕婆婆的魔法，那團火焰並沒有燒到蕾諾兒。

「這是怎麼回事，蕾諾兒！」

米絲托慕婆婆大聲問道：

「為什麼王子們會變成格夏斯勒和朱葛拉！」

米絲托慕婆婆也親眼目睹王子們的真實身分就是阿修羅惡魔，理解到為什麼服下「埋伏絕種之毒」的蕾諾兒會育有兩名王子。

兩名阿修羅惡魔在火焰中相互對視。

「好久不見，米詩斐雅大人。和您一同航海的時光十分美好。」

「許久不見了，米詩斐雅大人。與您一同奪取國家的往事也十分美好。」

兩名阿修羅惡魔露出牙齒，以可怕的面容爽快地笑出聲。

「為什麼……」

「我們現在是蕾諾兒大人這邊的人了。」

僅僅說出這句話，阿修羅惡魔便稍微低頭行禮，然後閉上嘴巴。這樣的態度或許是要我們跟蕾諾兒談話吧。

從他們的樣子完全感受不到惡意，只是單純表現出與懷念的朋友相遇時的笑容。

他們明明就欺騙了曾為盟友的葛傑李克，還招致了米絲托慕婆婆的毀滅……

我再一次體會到阿修羅惡魔和人類有著不同的價值觀。

「妳在生什麼氣呢，皇姊？」

蕾諾兒天真無邪的少女臉蛋浮現充滿惡意的笑容。

「蕾諾兒！我能理解妳恨我，也能理解妳憎恨葛傑李克和黎琳菈菈……可是，妳是維羅尼亞的王族吧？妳這樣親手斷絕了維羅尼亞王家的血脈啊！」

「是沒錯，所以呢？」

「什……」

「要再補充說明的話，我還打算在葛傑李克王死後，把維羅尼亞王國交給這兩名阿修羅，也就是魔王軍。」

「為什麼？」

「為什麼是什麼意思？」

「妳一直執著於維羅尼亞的王妃寶座，難道那不是要讓自己的孩子坐上王位才這麼做的嗎……？」

「呵呵……皇姊都已經淪落到這種地步了，還會說出這樣的話呢。真的是不折不扣的濫好人。」

耳邊傳來「啪咻」的細微聲響。

我揮動銅劍，擊落蕾諾兒左袖發射出來的小飛鏢。

雖然沒有多大的威力，但那上頭應該塗有毒藥。

「吉迪恩，你覺得那種又老又呆的女人比我還要好嗎？」

「蕾諾兒。」

我呼喚她的名字之後，蕾諾兒就停止發笑然後看著我。

「蕾諾兒，妳整個人就是權力慾望的團塊。不過妳看起來就像沒打算用到手的慾望來成就任何事物。」

「那當然。我是王妃，政治這種事情由我以外的人去處理就好。」

「就算是這樣，妳連私利私慾都沒有。為了維持妳那副身軀，我無法想像妳到底用魔法和鍊金術把妳的身體擺弄到什麼地步。可是，那種痛苦應該並不一般……那一切都是為了維持妳連愛都沒有愛過的葛傑李克的寵愛，也就是為了不失去權力。妳那樣的執念令我心裡發寒。」

「呵呵呵。」

「雖說是為了邪惡的目的，但妳那份精力已經達到常人無法企及的領域，這點我就老實地稱讚妳吧。」

「居然能得到你的稱讚，我感到非常高興。」

「可是之後呢？妳付出那麼多努力、鬥爭還有痛苦，最後到底得到了什麼？不是為了讓誰繼承權力，也不是為了搜括金銀財寶來享受飽食，而且也不是為了王家血脈。」

「對，每個都不是。」

「這也不是加護的衝動。妳的加護是鬥士，加護在妳身上尋求的應該是其他許許多多的事物。」

「想當然耳，這是我自己的意志，我不會歸因於加護之類的原因。」

「妳到底得到了什麼？妳即將燃燒殆盡的人生到底會留下什麼？」

蕾諾兒看著我，然後仰天笑了出來。

她那樣的笑意，和先前就算含有惡意卻也保持高雅的笑容不同。

蕾諾兒彷彿快要撕裂嘴巴一樣張口露出牙齒笑著。

「哈哈哈哈……真是的，我本來還好奇你會說什麼呢。」

「…………」

「得到的事物、留下的東西……我的人生才不需要那種玩意兒。我在這世上活著的理由就只屬於我自己。我死去之後會留下什麼根本就沒有什麼意義吧？我只是自己想那麼做才會放逐皇姊。要把國家交給阿修羅，也只是因為我想那麼做。你會為了早餐要先吃蘋果還是先吃葡萄，就個別思考理由嗎？想必不會吧？就算人民會痛苦、國家會滅亡，這些也都與我無關。我的人生一直都是我心裡想怎麼做，然後帶來相應的結果，就只是這樣而已。」

蕾諾兒毫無顧慮地這麼說。而這就是蕾諾兒的本質。

蕾諾兒覺得自己以外的一切事物都沒有價值。

她的一切作為都源自於自己的思想，不會顧慮到頭來誰會死去、什麼會被摧毀。

「蕾諾兒！」

米絲托慕婆婆吶喊。她瞪著蕾諾兒，同時舉起手杖。

「妳生氣了嗎，皇姊？是啊，想必是那樣吧，妳想必很生氣吧。畢竟皇姊能夠一身清白地離開國家，也是因為我再怎麼邪惡都還是王族。王族就是要有國家存在才會成立，不會有想要自己毀掉國家的蠢蛋。」

「對，我是這麼想的。我敗給了妳，失去了一切。不過我相信葛傑李克與王國會留存下來。」

「那種事情明明就與我無關，妳卻還是對毀掉自己的人苦苦哀求，那副情景相當令人愉悅哪。」

「真是空虛的人生呢！」

「我人生的價值只有我能決定，就算世間萬物都憎恨我，只要我覺得幸福的話，那就是幸福了。在這裡殺死皇姊之後，我也會以圓滿大結局迎接人生的終點！」

米絲托慕婆婆結印，蕾諾兒只是命令阿修羅惡魔發動攻擊。

「吉迪恩，蕾諾兒大人果然很美呢。」

「所以你才背叛葛傑李克跟米絲托慕婆婆嗎！」

「哼，一決勝負吧，吉迪恩！」

格夏斯勒的六條手臂送出暴風般的連擊。

少年時期的我應該會無計可施，不過我和露緹一同旅行的時候學會了對抗阿修羅惡魔的戰法。

戰鬥的訣竅是不要因為害怕對方的攻勢就專注於防守。

畢竟是用一把劍挑戰六把刀，要是接連承受每一刀的話，理所當然會占下風。

所以要展開攻擊。

對於我的反擊，格夏斯勒一邊後移身子一邊用刀化解。

姿勢變動之後，格夏斯勒的三條右臂沒辦法馬上施加攻擊。

我知道攻擊會被他擋住，不過我一劍就能讓對方動上多條手臂，戰況也會逐漸對我有利。

「厲害！你到底累積了多少經驗啊！」

格夏斯勒如此叫喊。代替回答，我再加上一記像是由下往上撈一樣的攻擊。

格夏斯勒的刀刃彈了開來。

致勝的機會！

「我拿下了！」

我大聲吆喝，刺出去的劍貫穿格夏斯勒的身體。

「唔、嘎……這種灼燒一般的痛處與悔恨……也是不錯的經驗……啊啊……這是如我預料爽快的一劍。」

我把劍從格夏斯勒身上拔出來，他的身體倒了下去。

我的劍刃確實貫穿了他的心臟，而那是致命傷。

「格夏斯勒，我可沒有享受戰鬥的餘裕啊。你明明就沒有加護，到頭來都在享受生死鬥。」

對於我的低語，倒下的格夏斯勒並沒有回答。

朱葛拉那邊則是在跟亞蘭朵菈菈與媞瑟戰鬥。

「哦哦！」

能夠跟媞瑟與亞蘭朵菈菈抗衡的朱葛拉也是強大的戰士。

的確是有能夠放話殺死船上所有菁英傭兵的實力。

我也得過去幫忙才行！不過，米絲托慕婆婆的魔法在我行動之前便已完成。

「漆黑之血，毀滅之言，貫穿樂園的上帝之槍！末日之刻降臨！惡魔熾焰！」

米絲托慕婆婆的手杖放出漆黑火焰。

那是在對抗寶石獸時使用過，米絲托慕婆婆解放所有魔力的大絕招。

「是上級惡魔的祕術嗎！」

朱葛拉一邊叫喊一邊讓刀刃交錯，同時展開魔力障壁。

「我在暗黑大陸當海賊可不是當好玩的！」

漆黑火焰包覆住蕾諾兒他們，捲起黑色漩渦要將他們燒成灰燼。

就算是強大的阿修羅惡魔，用障壁來守護自身也很勉強。他的動作停止了。

「不愧是米詩斐雅大人！不過我可是打倒許多惡魔的阿修羅戰士！我也懂得該用什麼招數來擋下惡魔祕術！」

朱葛拉的劍刃放出閃電。

兩股力量相互抗衡，使得甲板上竄出無數龜裂。

「這樣真的難以靠近！」

媞瑟一邊閃避迸發的火焰與閃電這麼說。最強級別魔法的劇烈衝突，有著就算是我們也無法接近的強大威力。這個時候，後方出現巨大的水柱。

「怎、怎麼回事？」

接近水柱的蓋倫帆船上載運的傭兵們不知如何是好。

其中也有想要調查原因而窺向海面的傭兵。

「噫、唔哇啊啊啊啊啊！」

不過他們馬上就連調查原因的餘裕也沒有，巨大的蓋倫帆船裂成了兩半。

在傭兵們的慘叫之中，傳來了我們熟知的聲音。

「嗯，這樣就比較好跑了。」

嬌小的身影在散布水面的船身殘骸上跳躍，以驚人的勢頭衝向魔王船。

「那是什麼不合常理的傢伙！」

朱葛拉驚訝地叫出聲來。嬌小的身影跳到魔王船甲板上。

「噫！」

想要逃離阿修羅惡魔而集聚在後方的菁英傭兵們，看見出現的少女身影之後終於失去了冷靜。

站在那裡的只是一名少女。

就是因為這樣，眼前發生的奇景才可怕。

既然向前向後都沒地方可逃，那就只能跳下船了。

傭兵們扔掉高價的魔法裝備，爭先恐後地從船上跳下去。

對那樣的傭兵們連看都不看一眼，少女……露緹看向位於船頭的我們這邊。

「不能動的話剛好。」

露緹在甲板上筆直奔跑，沒有人能夠攔下她。

根本就不可能攔住。

因為這可是人族最強勇者的全力奔馳，根本不可能有人擋得下來。

然後露緹毫無迷惘地衝進惡魔熾焰之中。

「怎、怎麼可能！竟然衝進這股魔力奔流！」

露緹把一般人光是觸碰就會被轟飛的熱能劈開，臉色絲毫不變地揮劍。這只是一瞬間發生的事。勝負已定。

「……這就是勇者露緹啊，力量真是強大。」

露緹的劍把朱葛拉的身體砍成兩截。

「蕾諾兒呢？」

這火焰就連阿修羅惡魔都難以承受。

只是「鬥士」的蕾諾兒不可能有辦法承擔。

不過蕾諾兒還是一樣笑著。

她舉到頭上的左手握著深紅色寶石，米絲托慕婆婆的火焰被吸進那顆寶石之中。

「這就是維羅尼亞王家相傳的祕寶，『賢者』莉莉絲的心石（Heart Stone）。這顆寶石能夠吸收任何魔法，並且反射回去！」

「『賢者』莉莉絲！是上一代勇者夥伴的遺產嗎！」

蕾諾兒將寶石朝向我們。

「接下來就還給妳！妳就為自己身為『大魔導士』而後悔，給我去死吧！」

必殺之火朝向我們釋放……然而——

「呀！」

蕾諾兒發出慘叫。

「所以……這個人是蕾諾兒？」

露緹的劍貫穿「賢者」莉莉絲的心石，也順勢貫穿了蕾諾兒的左手。

維羅尼亞的祕寶碎成了好幾塊。

「唔，勇者露緹……！」

不僅失去魔王船、傭兵、阿修羅惡魔，甚至連維羅尼亞的祕寶都沒了，看來蕾諾兒已經無計可施。

蕾諾兒終究還是用右手拿著的纖細正裝劍擺出架勢，親手對露緹揮劍。

那一擊十分優雅，是如同教科書範本的一擊。

然而那和阿修羅惡魔先前的攻擊相比，自然是微不足道的一擊。

「咦？」

不過，那遲緩的一擊並沒有命中露緹。

儘管蕾諾兒的劍掠過露緹的肌膚，卻沒辦法在露緹經過「勇者」強化的身體造成任何損傷。

露緹不禁後退，以難以置信的表情凝視著蕾諾兒。

「呵呵……怎麼了，勇者露緹？露出那麼驚訝的表情。」

「哥、哥哥！蕾諾兒的加護等級是多少！」

露緹的氣勢被蕾諾兒壓過。

媞瑟和亞蘭朵菈菈好像也察覺到，因此驚訝地停止動作。

我像要保護露緹一般地站著，同時回答露緹的疑問。

「是的，沒錯。她跟我之前遇見她的時候一樣，一點都沒變。蕾諾兒的加護是『鬥士』，而且她的加護等級是1……儘管做了那麼多可怕的事，蕾諾兒自己卻連一個人都沒有殺過。」

這個世界無處不是戰場。

為了讓自己的加護有所成長，這世上所有的生物都會相互殺戮。

蕾諾兒很邪惡。

無論是人類立下的律法、君王立下的律法，還是神明立下的律法，她想必都不會有所顧慮。

然而，她的那雙手，還有她的加護，至今依然純潔無垢。

露緹會有所退卻，正是因為蕾諾兒存在於這個世界的價值觀之外。

＊　＊　＊

這個世界以加護為中心而運作。

會在歷史留名的英雄與惡黨，也都是鍛鍊著加護、以加護的力量成就偉業。

其中也有抵抗加護的衝動，擁有「廚師」加護卻以大劍士身分留名的人；或是明明擁有「劍聖」加護，卻以牧場主人的身分過著平穩生活的人。

不過，無論要選擇怎樣的生活方式，加護的恩惠都不可或缺。

那位「廚師」活用掌控各種刀刃的技能，還有看透要怎麼切才能以高效率來解體的技能，並且攜帶不同形狀的七把菜刀，配合對手來分別使用。

那名「劍聖」似乎天生就是瞎子，不過可以用心眼技能追趕家畜，好像也比獸醫還更能參透家畜有什麼不舒服的地方。

儘管個性敦厚且不喜戰鬥，但如果出現了想要襲擊家畜的怪獸或野獸，「劍聖」就會馬上衝去應戰。

就算不是以加護所尋求的方式生活，那兩位也都受到了加護的恩惠。藉由提高加護等級，「廚師」以大劍士的名號受人讚賞，「劍聖」則以牧場主人的身分受人景仰。

「如此這般，正義的冒險者們把邪惡王妃逼上了絕路。」

蕾諾兒以鈴鐺般的美妙嗓音這麼說。

「為什麼？」

對於露緹的話語，蕾諾兒顯得疑惑。

「我的等級很不正常嗎？」

「既然活在這個世界上，就沒辦法逃避戰鬥。無論是麵包師傅的女兒還是裁縫師傅的女兒，只要得到了加護就必須戰鬥。神就是把世界打造成這種樣子。」

「或許神明有要求我們順應那樣的規則吧，不過我的主人就是我自己。我要依靠的是我自己，而不是什麼神……我的人生根本不需要什麼加護。」

蕾諾兒的話語中沒有迷惘。

沒有半點迷惘，並且否定著加護。而且她否定的並不是加護的衝動所強迫的生活方式，而是否定加護本身。

露緹的人生雖然被加護弄得一團亂，但她同時也獲得了加護的恩惠。

這場戰爭中她會有超人般的活躍，正是因為擁有加護的力量。

現在也是，露緹如果有那個意思，想必轉眼間就能殺死蕾諾兒。

不過她辦不到。

擋在露緹面前的，是否定了露緹一直煩惱的加護，並且將「帝王」葛傑李克與「大魔導士」米絲托慕的人生弄得一團亂，還與魔王軍聯手要把人類逼進絕路的大惡女。

與加護帶來的強大有著不同的性質，蕾諾兒自身的強大令露緹陷入困惑。

「露緹，由我來吧。」

「哥哥。」

「露緹不需要去砍不想砍的東西。」

我像要保護露緹一般和蕾諾兒對峙，提劍擺出架勢。

「吉迪恩，你要來當我的對手嗎？」

我朝為許多人施加不幸、純潔的惡女踏出一步。

「對手是你的話，我這樣的人應該一瞬間就會被殺掉吧。」

「嗯，或許吧。」

「呵呵呵，你要殺死我這麼嬌弱的對手嗎？」

聖方教會在教義上並不贊許與加護等級低於自己的對手戰鬥的行為。

因為就算殺死加護等級比自己低的對手，加護等級也幾乎不會成長。

對手是等級1的話就更不用說了。

以加護來比較的話，那可以說是既無力又無害。

「可是啊，蕾諾兒。妳很強喔。」

「……我很強嗎？」

「對，妳很強，比我以前對抗過的那些怪物都還要強。那是跟加護不一樣，本質性的強大；同時也擁有要是在這裡讓妳逃走，一定會讓我們毀滅的可怕。無論落入什麼狀況……就算是換成我就要默默死在路邊的狀況，妳一定也會爬起來找我們吧。」

我看著蕾諾兒的目光，持劍擺出架勢。

蕾諾兒就像第一次遇到我的時候那樣展露微笑。

「你說過我的眼睛很有魅力呢。我也是喜歡你在那個時候蘊含著強烈意志的眼眸。可是，我們重逢之後，你的眼眸看起來失去了那個時候的光采……這讓我感到很失望。不過那份光采應該確實存在過吧，我先前就是深深地迷戀那對眼眸。啊啊，人生真是太美妙了。」

應該什麼都不用再說了吧。為了斬殺蕾諾兒，我向前踏出一步。

「等一下。」

有人抓住我的手臂。

「米絲托慕婆婆。」

「接下來是我的戰鬥。」

米絲托慕婆婆使出惡魔熾焰後用盡魔力，臉上明顯展露疲憊。

她必須整個人攀附手杖，才有辦法勉強站起身子。既然魔力用完，自然就沒辦法使用魔法。

就算蕾諾兒的加護等級是1，現在的米絲托慕婆婆應該也難以應付才對。

「我也有要跟蕾諾兒戰鬥的理由。」

「看來是這樣呢。雖然不知道你們有什麼過往，但緣分真的是很奇妙的東西。」

「米絲托慕婆婆，這次希望妳能交給我處理。」

「不好意思，我可是早了你一步啊，雷德。我是維羅尼亞王妃米詩斐雅，同時也是佐爾丹市長米絲托慕。」

「……可是——」

「雷德、露緹、媞瑟、亞蘭朵菈菈。謝謝你們把我帶到這裡來，不過接下來要由我來做個了斷。」

米絲托慕婆婆抓住我手臂那隻手的力氣，有一種隨時會消失的感覺……不過，她的目光仍然留有英雄之力。

「我知道了。」

我退後一步。

亞蘭朵菈菈和媞瑟擔心似的看著米絲托慕婆婆，不過米絲托慕婆婆笑著捲起袖子。

「一起跟我冒險過的你們應該也很清楚我的強韌吧？」

「米絲托慕婆婆真的很頑固喔……請收下這個。」

媞瑟將拿在右手的短劍交給她。

「只用手杖的話想必很辛苦。」

「嗯，雖然外表普通，但這是把好劍……謝謝妳，我就收下了。」

這時媞瑟的包包裡頭也輕巧跳出一個小小身影。

「哎呀，憂憂先生也要幫我加油打氣嗎？」

憂憂先生舉起前腳表現出當然要幫忙的態度，在米絲托慕婆婆的右手繞了一圈。

「用絲線把我的手跟劍綁住了啊？謝謝你啊。這樣子就算我沒了力氣，劍也不會掉下去呢。」

憂憂先生拍了拍米絲托慕婆婆的肩膀之後，就回到包包裡了。

「這人還真教人傷腦筋耶。」

亞蘭朵菈菈露出苦笑。她的表情並沒有把擔憂完全隱藏起來。

「亞蘭朵菈菈，這跟和妳戰鬥的時候比起來，可輕鬆多了。」

「妳一定要贏喔。」

對於亞蘭朵菈菈的加油打氣，米絲托慕婆婆笑著點頭。

最後向她搭話的人是露緹。

「我來戰鬥的話每個人都不會受傷，一定會贏。」

露緹的目光筆直凝視米絲托慕婆婆這麼說。

米絲托慕婆婆溫柔撫摸露緹的頭髮並回答：

「可是妳會受傷。」

露緹頓時感到驚訝，同時低下頭去。

「謝謝妳。像妳這麼體貼的孩子能來到佐爾丹，我真的覺得很高興。」

米絲托慕婆婆擁抱露緹之後，看著我這麼說：

「接下來的事情就拜託你了。」

我點頭之後，她就安心似的瞇起眼睛背對我們。

然後她筆直邁步向前，走向蕾諾兒所在的地方。

「讓妳久等了呢。」

「我真的等了很久。跟夥伴們的道別都說夠了嗎？」

「妳才是呢，沒有要留話給誰嗎？葛傑李克呢？」

「一句話也沒有。因為我死了之後，別人會怎麼想我的事，我一點興趣都沒有。」

「這樣啊，妳的人生孤伶伶的呢。」

兩人持劍準備應戰。

蕾諾兒以昂貴的正裝劍擺出架勢。

米絲托慕婆婆則舉著樸素的短劍。

然而武器的品質與外觀不同，米絲托慕婆婆的短劍遠遠強過蕾諾兒的正裝劍。

「蕾諾兒，最後就讓我說這麼一句話吧。」

「說什麼？」

「我輸給了妳。我有許許多多的事物被奪走了。愛情、國家、孩子……真的失去了許多東西。」

「妳打算為了那些東西來復仇嗎？呵呵，那也沒關係啊。不過，就算我死了，妳失去的人生也回不來……勝負早就已成定局嘍，皇姊。是我贏了！」

「不，蕾諾兒。我並不是為了復仇而戰。」

「那妳是為了什麼而戰？」

米絲托慕婆婆深深吸一口氣。

「我很幸福！」

米絲托慕婆婆用讓人覺得整個佐爾丹說不定都聽得見的大嗓門如此吶喊。

她的臉上帶著充滿光輝的笑容。

「我和心愛的人相遇，並且一同旅行過！無論是以前還是現在，身邊都有許多夥伴！我愛過故國維羅尼亞！帶領差點就要毀滅的維羅尼亞重振為強國！我愛著佐爾丹這個國家！為了這個國家隨便、怠惰、和平，以及是我喜歡的人們的笑聲，我能夠付出我的人生！而且特涅德也完全繼承我！剛遇見他的時候還是那麼不可靠的孩子，但他現在是位比我優秀又勇敢的市長！沒有比這些事情還要更令人高興的了！我的人生很精采！我很幸福！」

我聽見了歡聲。佐爾丹的人們正為米絲托慕婆婆發出聲援。

蕾諾兒以啞口無言的表情凝視米絲托慕婆婆。

「與妳戰鬥的並不是維羅尼亞的米詩斐雅，是佐爾丹的米絲托慕！蕾諾兒，妳現在對我來說，只不過是威脅佐爾丹的敵人罷了！」

「皇姊……妳真的，直到最後一刻都是令人不快的人呢。」

「好了，決戰時刻已到。乞求神的慈悲吧！」

「我拒絕，我不會向神祈禱。」

她們兩人同時跳了出去。

蕾諾兒優雅地刺出一劍，米絲托慕婆婆則從正面擋了下來。

劍刃相互擊打，火花四散。

「米絲托慕婆婆！」

露緹大聲叫喊。

她的話語中明確地流露出感情。

米絲托慕婆婆或許是魔力用盡而過於疲憊、膝蓋無力，使她一下子站不穩身子。

蕾諾兒立刻朝米絲托慕婆婆的胸口刺下既纖細又銳利的正裝劍。

米絲托慕婆婆用左手手杖抵擋蕾諾兒的劍，並且以仍然沒站穩的姿態對蕾諾兒的腿用劍橫掃。

蕾諾兒千鈞一髮地避開。

她被砍掉的裙角隨風飄舞。

「皇姊，妳的腳步站不穩了。」

「妳才是，呼吸已經亂了喔。」

她們兩人的劍再次相互交錯。

一次又一次地，劍刃相互敲響。

與蕾諾兒的性格相反，她的劍法直率，一心一意地筆直突刺，沒有任何迷惘。

沒有使出奇特的招數，卻有能將對手確實逼入絕境的堅韌。

不過，蕾諾兒的動作也逐漸變得紊亂。

「是內臟疾病啊……」

看著蕾諾兒的動作，我低聲說道。蕾諾兒的身體已經殘破不堪了。

只不過是一分鐘上下的對打，就已經讓蕾諾兒的身體無法承受戰鬥，發出了抗議。

「……差不多該做個了結了！」

蕾諾兒尖銳地喊叫出聲後，便用力踏出一步釋出刺擊。

她想必是判斷再繼續打下去的話呼吸會撐不住，才會這樣子攻擊吧。

米絲托慕婆婆既沒有閃躲也沒有承接，就像在等待那一擊一般向前衝了出去。

蕾諾兒的劍尖稍微劃開米絲托慕婆婆的肩膀，鮮血頓時飛濺。

不過那不是致命傷。

大幅邁步的米絲托慕婆婆進入蕾諾兒懷中，拉近彼此的距離——

然後用劍突刺蕾諾兒毫無防備的身體。

每個人都認為勝負已定。

「皇姊，最後就把我的心意傳達給妳吧……我已經不需要妳了。」

蕾諾兒捉住米絲托慕婆婆的手臂。

「啊……！」

我不禁發出聲音。

下一瞬間，米絲托慕婆婆的腿就被掃離地面，身體輕巧地浮在半空中。

「唔、啊！」

米絲托慕婆婆背後落地，用力砸在堅硬的甲板上。

原來蕾諾兒不只學了劍術，還學會了格鬥術嗎？

不妙！米絲托慕婆婆沒能採取受身姿勢！

「那應該是致命傷才對啊！」

亞蘭朵菈菈大喊。

無論是染紅的洋裝，還是嘴角流出來的血液，都應該代表對她造成了致命傷才對。

不過，她恐怕是為了忍受疾病而服用了大量的止痛祕藥吧。

大量到足以令她在短時間內忘記自己的身體受到了致命傷。

「米絲托慕婆婆！」

情況不利！

面對把劍揮高的蕾諾兒，我忍不住跳過去想要助陣。

蕾諾兒笑了出來。

「吉迪恩。」

蕾諾兒以摻雜血液的聲音呼喚我的名字之後，對米絲托慕婆婆連看都不看一眼，直接對我揮劍。

銅劍發出黯淡的光芒。

蕾諾兒的劍飛到空中，刺向甲板。

「呵、呵呵……」

我的劍深深刺進蕾諾兒的身體。

「……我的人生沒有留下任何悔恨。」

「難不成妳過來是為了被我砍殺？」

「我終於得到你了。這個瞬間，你的思考全都被我占據了。」

蕾諾兒的胸口溢出血液。

我的劍仍然刺在她的身體裡頭，她就這樣子步履蹣跚地向後退，抓住了船緣。

「而且我會在得到你的狀態下了結一生。」

蕾諾兒將背脊靠在船邊，抬頭仰望天空。

「我得到了一切，一直到最後都成功地如我所願。我已經……盡情地作為我自己而存在。我沒有成為我以外的任何人。想必沒有其他人能贏得這麼精采而離去吧。」

「……這樣子結束真的好嗎？」

「呵、呵呵……對，我很滿足啊。好了，惡女要退場了，快喝采吧。我的邪惡和我的罪行都只屬於我。不用向神辯解，而且也沒有半點要由我來償還給神的東西。我會以身為邪惡為傲，然後就此消逝。永別了，吉迪恩……願你的人生擁有自由。」

蕾諾兒的身體在空中舞動。洋裝隨風飄擺，王妃從船上墜落。

我馬上跑過去，探出身子向下看。

水花濺起，蕾諾兒的身體沉向河底。

「…………」

我靜靜地別開目光。

不知道這是用魔法把身體固定為少女外貌，導致骨骼和肌肉脆弱所造成的必然後果，還是神的憤怒所造成……看來蕾諾兒死去的時候沒辦法維持美貌。

外表變得像是砸碎的寶石一般，蕾諾兒的身子躺在河底。

不過她的眼睛在碎裂的前一刻仍散發出強烈光輝……甚至到了令人不禁覺得美麗的程度。

「她死了喔。」

我回過身子這麼告訴大家。

「這樣啊，結束了呢。」

米絲托慕婆婆受到亞蘭朵菈菈的攙扶站起身。

「真是的，我失敗了啊……還真是難看呢。」

「活下來的可是妳喔。」

亞蘭朵菈菈所說的話讓米絲托慕婆婆搖搖頭。

「雖然贏了戰鬥，但這種情況論輸贏的話應該是我輸了呢。」

米絲托慕婆婆後來沒有再說下去，默默地閉上眼睛。

我環視戰場。

「看來戰爭也結束了呢。」

莉特發出勝利的吶喊，對維羅尼亞軍宣告蕾諾兒已然落敗的事實。

就算失去了蕾諾兒與魔王船，戰力仍然是維羅尼亞軍更勝一籌……

「把船開回去！敵人現在不會來到海上了！」

「指揮官已經殺死了！有了這艘蓋倫帆船，就不需要什麼酬勞啦！」

「既然王妃死了，我們也回不了維羅尼亞！還是儘快走人吧！」

維羅尼亞軍的士氣已經完全崩潰。

根本沒有人想要為王妃報仇，有人逃到船上，有人登陸之後直接跑得遠遠的，也有人投降後丟掉武器。

「真不愧是莉特。」

這對佐爾丹軍來說明明是第一次戰爭，損傷卻很輕微。

不習慣戰鬥的士兵們很漂亮地守住國家。

「哥哥，對不起。」

「露緹也辛苦了。蕾諾兒是很棘手的敵人，會陷入苦戰也是理所當然。」

「嗯……她很強。」

露緹抱住我之後，就「呼」的一聲吐出一口氣。

第六章　然後世界變得有點和平

佐爾丹共和國建國以來的第一場戰爭。

從將軍威廉男爵的宣戰布告到戰爭終結為止差不多過了半天多一些，精確來說是四小時十七分。

假如從持續和魔王軍展開熾烈戰爭的各國角度來看，這場戰事說不定是場讓人覺得算不上戰爭的小規模戰鬥。

不過對當事人來說，那肯定是場光輝榮耀的勝仗，想必是會在佐爾丹這個國家的歷史上永久留存的日子。

換句話說，大家打算辦一場戰勝紀念祭。明明不久前才盛大舉辦過冬至祭。

儘管與維羅尼亞之間的事情已經結束，特涅德市長仍為了準備慶典而十分忙碌。

這一年下來有規模僅次於收穫祭的冬至祭，第一次碰上的外交問題與戰爭，然後是戰勝紀念祭。

無論內外都認為是邊境的佐爾丹，過著沒人預料得到的匆忙日子。

戰爭過後第三天。

我和莉特回到一起坐在藥店收銀臺的日常生活。

「都結束了之後，就會覺得那場騷動轉眼即逝呢。」

「應該是因為與之前畢格霍克的騷動相比，這次黎琳菈菈跟蕾諾兒王妃她們沒多少時間的關係吧。」

我們在這裡過著慢生活，外界卻帶來大陸歷史中心的維羅尼亞王國繼承問題。佐爾丹只是偶然被捲進紛爭，以阿瓦隆尼亞大陸史來看果然也只是配角，騷動是以蕾諾兒王妃和米絲托慕婆婆的戰鬥為中心。

不過我覺得佐爾丹維持這樣就好。

「戰後處理也是一下子就結束了呢。遭到俘虜的維羅尼亞傭兵也幾乎無條件就釋放了啊。」

「畢竟傭兵當作俘虜也沒辦法拿到贖金，而且大家都說不希望把他們賣給奴隸商人啊。我也不想那樣，所以非常贊成放他們走。」

「就算從薩里烏斯王子船上收到的賠償金十分足夠，但佐爾丹人還真是悠哉……都是好人呢。」

「就是這點很棒啊。」

這場戰爭最後的結果可說是平穩得不太尋常。

「不好意思。」

這時門鈴響起，有客人進入店內。

「「歡迎光臨。」」

我跟莉特齊聲歡迎客人。

這樣的情形讓我深刻感受到我們已經回到原本的日常生活。

＊　＊　＊

到了中午，我把做好的菜放進餐盒裡頭。

「好，完成了。」

我看著不錯的成果，帶著滿足這麼說。這時，我察覺背後有人偷偷靠近。

「今天做的菜看起來也很好吃呢。」

莉特把臉搭在我的肩膀上，從後頭抱上來的同時這麼說。

「露緹今天也會為雷德做的便當感到很高興吧。」

我剛才在做要帶去露緹那邊的便當。

裡頭有夾著香腸與生菜的熱狗堡，還有歐姆蛋和沙拉。

歐姆蛋上畫了一個微笑的表情。

我對今天做的菜很有自信。眼裡浮現露緹高興的表情，讓我臉上浮現笑容。

「話說回來，露緹在那之後就很忙的樣子呢。」

「……是啊。」

露緹是佐爾丹唯一一支B級隊伍的隊長。

在這次的騷動中，她以天生的領袖魅力很快就成為佐爾丹高層能夠依靠的存在。她目前也在議會工作，預計工作到薩里烏斯王子等人離開佐爾丹。

對於當時大展身手的莉特，好像也有人來提議要她回去當冒險者，然而要她回去當冒險者的聲量並沒有以前那麼大，或許是因為有露緹和媞瑟兩人在就讓人覺得安心了也說不定。

不過，要莉特加入議會的提議好像比當冒險者的提議還要多就是了。

「我堅持拒絕！我沒有考慮過雷德&莉特藥草店的莉特以外的人生！」

她直截了當地這麼拒絕。

就是因為有露緹、莉特與媞瑟在，我才能隱藏活躍這樣安穩度日。對於這點，我覺得有點對不起她們。

「露緹好不容易才從『勇者』當中解放，開始度過慢生活，卻又這樣被捲進了騷動中心呢。」

不知道露緹是怎麼想的。

這部分我有點擔心。

「那我去一下就回來喔。」

「嗯，路上小心喔。」

在莉特的目送之下，我走向露緹所在的中央區議會。

＊　＊　＊

佐爾丹的城裡充滿活力。

有大白天就在喝酒，互相搭肩唱歌的盜賊與衛兵。

有正在販賣戰利品武器防具的商人。

還有一手拿矛講著英勇事蹟的冒險者。

那名冒險者受到眾人喝采，看起來很歡愉的樣子。

「喂，走龍騎士跟薩里烏斯王子的海兵好像在那邊一起喝酒喔！」

「真的假的，去看看吧！」

不過有人這麼大喊之後，原本聚在冒險者四周的人群一下子就散開了。

被留在原地的冒險者垂頭喪氣，看見此景的商人忍不住大笑出聲。

盜賊和衛兵跑到冒險者身邊，把剛才喝的酒瓶遞給他。

冒險者一口氣把拿到的酒瓶喝乾，然後大笑出聲。

「今天真是美好的一天！」

冒險者如此大喊。我也這麼覺得。

我看了一下一起搭肩唱歌的三個人，也受到他們的影響而笑了出來。

城裡到處都是人群。

人群的中心都是為了守護佐爾丹而奮戰的英雄們。

那跟加護的種類或等級無關。

他們面對的是無法匹敵的強大敵手，卻沒有因此逃跑，而是留下來保護心愛的人們。

那些人確確實實是值得讚揚的英雄。

所以會有像那樣被女性團團包圍的男人，也能令人接受——

「咦，達南？」

被女性包圍而走在路上的人，是療養中的「武鬥家」達南。

「喔，雷德！」

達南用他那一如以往的堅實面容對我打招呼。

「達南，這是什麼情形？」

「傷者外出的時候就是會有護理師跟著啊。」

原來如此，是護理師啊。不過這也——

「看你們好像關係滿好的樣子。」

護理師們黏著達南的程度超出照護需求。

「對啊，她們這些人可是我的戰友。」

「戰友？……我都勸你勸成那樣了，你該不會還跑去戰鬥吧？」

「不是、不是。」

達南搖了搖頭。

「畢竟都講好了，我才不會打破約定。」

「那到底是怎麼回事？」

「他很厲害喔！」

抱住達南左手臂的護理師兩眼發光。

「很厲害的意思是……？」

「他可是優秀到連資深護理師都會嚇一跳的護理師呢！」

什麼？

「妳是說，達南是護理師？」

「對啊。雖然我真的不該戰鬥，但要我不動我也會感到很不爽，所以我就去幫忙護理工作了。」

「竟然說要你不動你也會感到很不爽……」

這男人真的是天生就打從骨子裡無法過慢生活的男人呢。

看見我露出苦笑，達南張大嘴巴笑了出來。

其他護理師一邊靠著達南一邊接著說：

「無論患者多麼魁梧，就算穿著盔甲他都有辦法輕鬆搬運，受傷與骨折的緊急措施也是一下子就能解決，而且他完全不會出現疲態，就算我們快要撐不下去了，他也一直都笑容滿面。明明達南先生全身上下應該都很痛才對。」

不，我想他大概是久違地能夠到處亂跑，才因為解放感而露出笑容而已。

「而且啊，達南先生就算面對讓人不忍直視的重傷患者，也會跟對方說沒事，鼓勵對方。無論多麼痛苦，達南先生都沒有移開目光。」

……的確，達南他是這種人沒錯。

在沒辦法令人放心的勇者隊伍中，達南是個無比直率的男人。

「也有不少患者就是因為有達南先生才能得救喔。就算沒有身赴戰場，達南先生也是療養所的英雄。」

「這樣講就不對了吧？」

原本笑著的達南表情變得正經，否定了護理師所說的話。

「達南先生？」

「妳們還有醫生，每個人都是拚死地努力著吧？明明是這樣卻只有我是英雄，這怎麼說得過去？不只我一個人，當時在場的人全部都是英雄才對吧？」

「達南先生……！」

達南這番話並不是有什麼目的而說出口，他應該只是把心裡的想法直接講出來而已。不過，達南光從外表來看就散發英雄氣場，他認定護理師同樣也是英雄之後，就讓護理師們開心似的目光燦燦。

說起來，達南這傢伙受到這麼多女性包圍卻沒有半點動搖，還滿厲害的呢。

「雷德。」

達南一邊用左手撫摸額頭一邊點頭說：

「我是第一次體驗這種戰鬥，不過滿有趣的哪。」

「你是指護理的工作？」

「是啊。跟殺人比起來，讓人活下去又有不同的深奧之處喔。」

達南看起來很開心，好像真的很開心地笑了出來。

「窮極武道真的是看不見終點的道路哪，我能生為『武門家』真是太好了。」

達南和他的加護真的很搭調。

＊　＊　＊

露緹以一如以往的表情在議會裡接連處理好各項工作。

佐爾丹的官僚們儘管忙得東奔西走，卻還是對她工作的模樣投以尊敬的眼神。

「對於逃走的那些維羅尼亞傭兵，就讓我們釋放的傭兵們組織警備隊來應付。用歸還裝備作為報酬的話，他們就不會拒絕。」

「賠償金的分配就照原定計畫。要是有人抱怨，就讓抱怨的人去威廉男爵那邊。」

真不愧是露緹，內政指揮能力也很完美。

「這個案子用你的方式來處理沒有問題。交給你處理是正確的，接下來也請你繼續幫忙。」

跟米絲托慕婆婆不一樣，她的方針看來不是讓優秀的自己攬下所有工作，而是把別人能處理的工作交給其他人做。

這種做法乍看容易，但也要有失敗得靠自己來補救的心理準備。

她跟我一起旅行的時候，戰鬥外的事務大多由我負責……不過露緹從「勇者」的衝動解放之後，以前那種會壓迫他人、令人服從的特殊氣質，就逐漸變成能夠令人信賴的領袖資質。

假如露緹有那個意思，一定能成為優秀的政治家吧。

「哥哥。」

當一名男性出去、換我進入房內後，露緹的嘴型就以只有我分辨得出來的幅度露出笑意，看起來很開心地笑了出來。

「辛苦了，我今天也有帶便當給妳喔。」

「謝謝，我最喜歡哥哥的便當了。」

露緹用力地伸了個懶腰。

她一直維持一樣的姿勢，所以身體變得很僵硬。

就連這種理所當然的事情，對露緹而言也是曾經失去的事物。

我心中對露緹這樣的變化覺得高興，並且移動到露緹身邊。

「剛才妳說對賠償金不滿的人就交給威廉男爵去說服，這樣的判斷我也覺得很好。要是面對在最前線戰鬥的威廉男爵，想必沒什麼人敢要求更多錢吧。」

「嗯，我想說如果是哥哥的話應該會這麼想。」

「這、這樣啊。」

在露緹的心裡，剛才似乎也是在跟我討論的樣子。

儘管這讓我有點害臊，不過露緹現在似乎也還是很依賴我，令我感到很高興。

「呵呵。」

露緹露出微笑。

「怎麼了？」

「哥哥看起來好像很高興，所以我也很高興。」

露緹說出這句話的表情真的非常可愛。

這時，外頭傳來了「唰——」的聲音。

「下雨了啊。」

我看向窗外，便發覺忽然下雨了。

「不知道是不是陣雨呢。」

露緹也看向窗戶。原本在外頭行走的人們急急忙忙跑進屋簷下。

天空不知不覺間被厚實的雨雲所籠罩。

「……不知道農園會不會怎樣。」

聽著不小的雨聲，露緹悄悄說出這句話。

這句話一直縈繞在我耳裡。

無論有多麼強大的才能，露緹真正想做的事情果然還是藥草農園。

＊　＊　＊

「我回來了。」

「歡迎回來，雷德。」

莉特迎接回到店裡的我。

我脫下被雨打溼的外套。

「來。」

莉特把我的外套拿走，遞給我一條柔軟的毛巾。

拿來擦拭被雨淋溼的臉還滿舒服的。

「謝謝，這雨下得有夠突然的啊。」

「嗯，我也是匆忙把還晾在外的衣物拿進來呢。」

莉特這麼說完便笑了出來。

我跟莉特剛重逢不久的時候，她還會害羞得不希望內衣褲一起洗；但現在我們倆的衣服跟內衣褲都是全部一起洗、一起晾。

當然，即使是現在，我們在床上互相看見對方只穿內衣褲的模樣還是會感到害羞，但衣服一起洗已經是我們倆日常生活的一部分了。

「嗯，弄得稍微有點晚了呢。我現在開始煮午飯喔。」

「嗯……」

莉特一直盯著我的臉看。

「欸，雷德。」

「怎麼了？」

「要不要偶爾到外面吃？我也想吃吃看雷德做的便當。」

莉特這麼說完對我露出微笑。

到外面去？在這大雨中？

「你覺得呢？」

「可是外頭在下雨喔。」

「雨勢變小滿多了吧？這應該是像平常一樣的陣雨，午飯煮好的時候我覺得會變成毛毛雨，或者就直接停了。說不定還可以看到蔚藍的天空呢。」

「嗯……說得也是。好，既然莉特想要的話，今天的午飯就來個小小的野餐吧。」

聽到我的回應，莉特開心似的笑了出來。

「我們再撐傘走在一起吧！」

我想起肩並著肩、在一把傘下散步的那一天所發生的事，於是有點害羞起來。

＊　＊　＊

從雷德&莉特藥草店走二十分鐘的路。

就像莉特預料得一樣，雨差不多都停了。

雖然覺得就算不撐傘也沒關係，不過沒有肩並肩的藉口令人感到很落寞，結果我們還是把傘撐到了最後一刻。

「到嘍——」

莉特雀躍的嗓音在溼濡的樹木間響起。

我跟莉特坐在小小的山丘上。

在這裡可以一覽無遺佐爾丹……其實沒辦法，不過眺望得到的景致還是很不賴。陰天的城鎮風景也是別有風味，滿不錯的。

「哦，這一帶之前都沒來過呢。」

我環顧四周並這麼說。闊葉樹森林不可思議地很溫暖，是個十分安穩的地方。

我把便當拿出來。

雖然雨已經停了，不過為了預防忽然又下起雨的狀況，我在籃子上撐好傘放著。

「我開動了～！」

莉特的臉上掛滿笑容，大口咬下我做的三明治。

「真好吃！」

「哈哈哈，太好了。」

看見莉特吃得津津有味，我的嘴角也不禁緩和下來，顯露笑意。

「那我也來吃吧。」

我也拿起跟莉特吃的餡料一樣的三明治。

夾著水嫩的紅番茄、脆口的生菜，還有炒蛋的三明治口感不錯，讓我也覺得自己真的做得滿好吃的。

鍍錫鐵材質的午餐盒裡頭裝的是培根蕈菇燉菜。

在冬天的屋外吃著溫熱的燉菜，總覺得吃起來比平常還要美味。

「偶爾來這種地方吃飯也挺不錯的吧？」

「是啊，也會覺得餐點很好吃。」

「不過雷德做的菜一直都很好吃就是了。」

莉特也把燉菜吃得津津有味。

「嗯～！這個也非常好吃。」

我們就這樣度過了快樂的用餐時間。

＊　＊　＊

「呼，滿足了、滿足了。」

莉特把空了的便當盒放到身前，滿足似的嘆了一口氣。

「真幸福呢。」

「哈哈哈。」

莉特看起來很幸福的話，我也會覺得很幸福。

我一邊清理便當，一邊俯視城鎮。

儘管是習以為常的街景，從山丘上眺望又有不同的新鮮感，讓人看了很開心。

「這個地方不錯吧？」

莉特看著我眺望城鎮的側臉這麼說。

「嗯，是個非常棒的地方。」

我之前都不知道附近就有這麼讓人舒適的地方。

「我可是調查了不少想跟雷德一起去的景點呢！」

莉特挺起胸膛這麼說。她的動作很可愛，讓我又笑了出來。

「既然是這樣，妳應該也有找到其他地方吧？」

「嗯，有很多喔～」

「那還真令人期待。我之後會再做便當，我們就一起去，把所有地點都走遍吧。只要跟莉特在一起，不管出門幾次都會很開心。」

「太好了！」

後來我們倆相視而笑。

我總覺得在這段小型野餐的期間，我跟莉特好像一直都在笑。

「「啊！」」

我跟莉特同時發出聲音。

雨雲散了開來，雲朵之間看得見藍天。

灑落的光線照在被雨水淋溼的佐爾丹，顯得閃閃發亮。

天空的蔚藍逐漸擴展開來，彷彿在把雨雲推走一樣。

這樣的光景是無論什麼城鎮都看得見、平凡無奇的景色。

不過，這幅美麗的景色是我們所居住的城鎮。

我喜歡上了這個景色，喜歡到無論是大地裂谷還是天空之城，或者在冒險中看見的其他絕景都比不上。

「這個景色啊——」

莉特維持溫柔的微笑表情開口說：

「是雷德跟露緹守護的景色喔。所以，我覺得露緹並不在意雷德想的那些事情。」

「哈哈哈……妳察覺到了啊？」

「嘿嘿嘿，我每天對雷德朝思暮想可不是隨便想想的呢。」

就像莉特說得一樣，我有點煩惱露緹的事。

「露緹不當『勇者』來到佐爾丹之後，馬上就發生了這次的事件。那簡直就像是追逐露緹而來……雖然對中央而言只不過是王族的家族紛爭，對佐爾丹來說卻是根本不可能發生的空前大事件。」

「我也沒想過會在佐爾丹負責指揮軍隊。」

「莉特當指揮官的樣子滿帥氣的啊。」

莉特的戰鬥有著引人矚目的華美。

那跟單純的強大不一樣，她揮刀的身姿能夠把勇氣帶給夥伴們。

假如沒有作戰老是會莫名不順的屬性，她或許會是個一流的指揮官。

「嗯，你剛才想了什麼奇怪的事情吧？」

或許是發覺我的表情有些微的變化，莉特嘟起嘴巴抱住我。

她就維持抱住我的姿勢，用力以自己的額頭擠向我的臉頰……有點痛呢。

所以我也緊緊抱住莉特，讓自己的臉移到莉特的肩膀上。

我們臉頰與臉頰相靠在一塊兒，就這樣互相抱緊對方一段時間。

「我接續剛才說的話喔。」

莉特在我耳邊溫柔地細語。

「你下次邀露緹一起來這裡吃便當看看吧。」

「跟露緹一起？」

「對。雷德與露緹，就兄妹兩人。這樣的話，就能解決雷德的煩惱了喔。」

「是這樣嗎？」

「嗯，沒問題的。露緹一定也會喜歡這個地方、喜歡這片景色。」

「……嗯，說得也是。」

我們放開抱住對方的手臂相互凝視。

莉特瞳孔的顏色，是雲朵間顯露的那片美麗天空的色彩。

「謝謝妳，莉特。」

「嘿嘿嘿，不客氣。」

我現在看著的，並不是為佐爾丹帶來勇氣的英雄公主的笑容。

那是莉特只會對我展現，面對情人的笑容。

「哈哈……我又受到妳鼓勵了。要是沒有跟莉特在一起，我大概撐不下去吧。」

「我也是沒有雷德在的話就不行……我們一樣呢！」

我們兩人的笑聲消溶在雨勢歇止的佐爾丹城鎮。

＊　＊　＊

晚上，我確認完藥物的庫存，回到起居室。

「辛苦了。」

莉特這麼說來迎接我，遞給我一杯冒著白色熱氣的熱牛奶。

「謝謝。」

熱牛奶裡頭加了蜂蜜。

「我模仿雷德的作法試試看，你覺得如何？」

「嗯，很好喝喔。」

我本來想說些更順耳好聽的話，不過一想像莉特為了我而學我泡蜂蜜牛奶的模樣，我太過開心而沒辦法把想法好好化作語言。

「太好了。」

看見莉特露出笑臉的喜悅模樣，我更高興了。

為了掩飾我上揚的嘴角，我再喝了一口蜂蜜牛奶。

這時傳來了幾下敲門聲。

「嗯，是客人嗎？」

「營業時間早就過了耶。」

莉特往玄關方向走去。到底會是誰呢？

「亞蘭朵菈菈、媞瑟、憂憂先生！」

原來如此，是媞瑟他們來了啊。

「還有薩里烏斯王子與黎琳菈菈。」

「什麼？」

我不禁喊出聲來。我慌張地前往店鋪。

「我們來玩嘍。」

「晚安，不好意思這麼晚還來打擾。」

亞蘭朵菈菈和媞瑟對我們打了招呼。而且在她們的身後──

「晚安，雷德。今晚月色很不錯喔。」

「我們來叨擾嘍。你們真的是開藥店的啊。」

薩里烏斯王子和黎琳菈菈一派輕鬆地說出這樣的話。

「你們兩位怎麼會過來？」

「沒什麼，只是想在回去前再吃一次雷德你做的菜。」

薩里烏斯王子這麼說完拋了個媚眼。

「說要回去也就是……」

「差不多再兩三天吧。我們打算在補給結束那天出港。」

「你們打算怎麼處理擱淺的魔王船？」

「沒辦法處理。我們沒辦法帶回去，就贈與佐爾丹嘍。裡頭應該有各種物資，裝甲應該也可以當作鐵材來利用。」

薩里烏斯王子聳了聳肩。

那艘鋼鐵船曾是海賊霸者葛傑李克的力量象徵，如今它已經完成它的任務。

「這樣就好。那艘船是父親大人的船。如果要開始新生活，我就該用自己的船啟程才對。」

「這樣啊。」

「先別說這些了，你們倆別老是站著說話。」

黎琳菈菈在一旁舉起袋子，讓我看看裡頭有什麼。

「又帶了很多東西過來呢。」

裡頭裝滿了蔬菜、豆類、肉類，還有魚類等各式各樣的食材。

「你就儘管用吧。」

「有雞蛇肉跟女王洋蔥。哦，還有米啊。」

米在佐爾丹很少見。

佐爾丹水源豐富，氣候也讓人覺得應該很適合種稻，不過阿瓦隆尼亞王國的居民所開拓的這個地區沒有培育稻作的知識。

這些米應該也是進口的吧。

「對了，有這個的話，可以煮看看之前只做過一次的那道菜。」
「哦，那還真令人期待。」
黎琳菈菈嘴型歪曲笑了出來。糟糕，我看到罕見的食材就忍不住這樣。
「我的廚藝可沒有好到可以對大國的王族或將軍展現啊。」
不過嘛，他們可是特地要來吃我做的菜，當成待在佐爾丹的最後一段回憶。
而且想到黎琳菈菈船上大廚那令人遺憾的廚藝，我做的菜應該也還過得去吧。
「就說了沒問題的。雷德做的菜很好吃，而且能夠掛保證的不是別人，而是我莉特本人。」
莉特就這樣自信滿滿地抬頭挺胸。
「我知道了。既然莉特都這麼說了，我可不能退縮啊。」
「你們倆感情真的很好呢。」
薩里烏斯王子對我們投以溫暖的目光。莉特的臉龐頓時紅了起來。
或許是因為在自己家裡吧，我也一不小心就以平時跟莉特相處的感覺回話了。
總覺得從剛才開始就一直在重複「糟糕」、「一不小心」之類的詞語哪。
我八成也是因為戰鬥結束之後就鬆懈了許多吧。
跟我們不一樣，薩里烏斯王子和黎琳菈菈雖然是以放鬆的樣子笑出來，卻仍然能讓人窺見尚未完全鬆懈的戰士界線。
不過啊，我們保持這樣就好了。
因為能像這樣變得有點脫線，就是我在佐爾丹得到的幸福。

＊　＊　＊

米需要先煮吧。儘管我知道要怎麼煮……不過書上說用新鮮的水來煮會比較好吃，好了。
就去井裡提一些新的水過來吧。
正當我打算出去外頭時，憂憂先生腳步輕快地跳了出來。
「哦，怎麼了？」
憂憂先生敞開兩隻前腳擋住我的去路。到底是怎麼了？
「我把水提過來了。」
「媞瑟。」
從憂憂先生身後進入廚房的，是雙手各提一桶水，頭上也頂著一桶水的媞瑟。
「說到米的話就非我莫屬。」

把水放下來的媞瑟一臉正經地這麼說。

這女孩忽然在說些什麼東西啊？

看見我疑惑的模樣，憂憂先生快速地搖了搖頭。

「的確就像憂憂先生說得一樣呢。我就照順序說明吧。」

「麻煩了。」

「我喜歡吃黑輪。」

「這我知道。」

「有一種黑輪料叫做麻糬福袋。」

「我是有聽說過啦，但我也沒有吃過就是了。」

「在南洋地區煮的黑輪裡頭，那是很一般的料。嗯，也就是說，喜歡黑輪的我對於麻糬福袋也很熟悉。」

「嗯嗯嗯。」

「而且麻糬是用米做成的，要叫我米至尊媞瑟也可以喔。」

「喔、喔喔。」

總覺得今天的媞瑟莫名地情緒高漲啊。

「這麼多的米應該沒辦法一次用完吧。米在煮熟之後會膨脹很多，所以沒有問題。

多的分量就做成麻糬，拿到歐帕菈菈小姐那邊去吧。」

「啊——媞瑟……雖然我對米也不是很了解，不過我記得一般的米好像沒有辦法做成麻糬的樣子。」

「……唔嗯。」

媞瑟緊緊盯著我的臉。

「解散。」

「咦——」

因為媞瑟一臉正經地說著這樣的話，讓我不禁笑了出來。

憂憂先生也晃著身體，好像在笑的樣子。

「我開玩笑的。」

媞瑟表情不變地這麼說，洗了洗手之後站到我身旁。

「那要做什麼菜呢？」

「我想說要做做看以前有人教我的親子蓋飯。」

「在這種時候要做罕見的菜色，雷德先生還真是積極呢。」

「要是試了味道覺得不行的話，我就會把肉烤一烤端上桌喔。」

「不愧是雷德先生。那就不要顧慮太多，來做做看那個叫做親子蓋飯?的菜色吧。

我要怎麼幫忙才好呢？」

「妳要幫忙嗎？在起居室裡頭等我也可以喔？」

「其實我在前陣子的戰鬥中等級提高了，料理技能提升了1。」

媞瑟的等級雖然比露緹和達南低，卻比莉特還高，是全世界屈指可數的高等級。

她待在佐爾丹的這段期間，想必沒有辦法再提高等級了吧。

「把機會那麼難得的1點用在料理技能上好嗎？」

「雷德先生做的菜非常好吃。我也想要變得像雷德先生那樣，能夠做出美味好吃的料理。」

憂憂先生也舉起手向上揮動，為我們加油打氣。

「憂憂先生最近也提高等級，得到了料理技能喔。」

「咦，真的嗎？」

我發出驚呼。當我看向憂憂先生，便發覺他舉起右前腳表示肯定。

無論是誰都能取得通用技能的「料理」。

就連憂憂先生擁有的「鬥士」加護也可以取得。

儘管如此，即使憂憂先生是隻很聰明的蜘蛛，我也沒想過他竟然可以提高料理技能。他大概是史上第一個取得料理技能的蜘蛛吧？

「我想說總有一天要跟憂憂先生一起為蜘蛛寫烹飪書。」

「書。」

媞瑟哼出兩下鼻息，在我的身旁並肩而站。

「那我該做什麼才好？」

「我想想喔，那就麻煩妳備料吧。這段時間我就來煮煮看米。」

我們分工烹調料理。

「幫我把雞蛇腿肉切成一口大小。」

「包在我身上，我很擅長切東西。」

媞瑟很有自信地這麼說。

我們都沉默了一陣子，暫時專注在做菜上。

「我沒有想過會有這樣的人生。」

「嗯。」

媞瑟的目光沒有從手上移開，低語說出這句話。

「我跟『刺客』加護很搭調，有著當殺手的才華。我以此為傲。」

「嗯，我覺得就像妳說得一樣。我沒看過像媞瑟妳這麼強的殺手。」

「那樣的我現在正在做的事情……是要為異國王族做菜。」

「雖說有變裝成廚師的殺手，但好像沒有真的會做菜的殺手呢。」

假如是宮廷廚師，料理技能應該會超乎常人許多，加護也很有可能是「廚師」之類的專業性質。

就算是變裝高手，也沒辦法模仿別人的加護。

「人生真的很難以預料呢。」

媞瑟一邊排著切好的肉一邊笑。

「我很開心。嗯，人生很開心。」

「嗯，我也這麼覺得。」

我們相視而笑，然後把心思專注在做菜上。

＊　＊　＊

這個世界無處不是戰場。

我們圍著桌子用餐的時候，傭兵們奪走的其中一艘蓋倫帆船受到克拉肯襲擊，乘在上頭的傭兵們一個不剩地被吃掉了。

同時，在遙遠的西方戰場上，巴哈姆特騎士團率領的聯合軍與水之四天王亞托拉率領的魔王軍經歷三天三夜的激戰，正要分出勝負。

那些戰事，全部都是這間小店的起居室裡頭沒辦法得知的世界所發生的事情。我會聽說世界的何處發生了什麼戰鬥，也是在十分遙遠的將來，而不是今天。

「「「我要開動了。」」」

我、莉特與媞瑟同時發聲。

「為賦與今日糧食的戴密斯神致上謝意。」

「我要開動了。」

黎琳菈菈快速地低語祈禱一般的話語，薩里烏斯王子則是模仿我們的動作而說了一樣的話。

「雖然我曾經吃過米飯，不過這料理還真奇特耶。」

「這好像叫做親子蓋飯。我想應該有把以前吃過的味道重現個八九成……不過我當時吃的是雞肉，不是雞蛇肉就是了。」

「原來如此，因為使用了蛋跟雞肉，所以才叫做親子蓋飯啊？」

薩里烏斯王子點了點頭。

「不過這用的是雞蛇的肉吧？這樣就不能叫做親子了。」

黎琳菈菈一邊笑一邊吐槽。

「第一隻雞蛇好像就是雞生出來的喔，這樣應該也算是親子吧？」

莉特說道。

「說得也對。根據生物學者吉坎博士所撰寫的《魔物博物誌》，似乎有著『要小心，雞蛇是誕生於雄雞，也就是年輕的公雞所生下的蛋。那隻雄雞七歲，牠的蛋由蟾蜍孵了九年。所以不能讓雄雞與蟾蜍聚在一起』的說法。」

媞瑟如此補充。薩里烏斯王子扭了一下脖子。

「從他說公雞生蛋的時候就不合理了吧？而且居然說蟾蜍花了九年來孵蛋？這不就代表不可能發生的意思嗎？」

薩里烏斯王子的這番話讓我笑著點頭。

「說不定是這樣呢。不過現在對雞施加特殊的魔法的話，好像就會產生雞蛇喔。想必也是因為有人在養殖雞蛇，所以雞蛇肉才會比其他怪物的肉還要容易取得……不過雞蛇養殖業是每年都會有人身亡的危險工作就是了。」

雞蛇好像不會親近人類。

對於雞蛇而言，飼主甚至連餵食的人都不是，頂多覺得是食物把食物拿給牠吧。

「也就是說，你這次煮的蛋是親，肉是子啊？」

黎琳菈菈像是覺得有趣地看著親子蓋飯，然後用湯匙一次舀起蛋跟肉吃下。

「真好吃。」

太好了，看來對於活了許久的高等妖精來說也很合胃口。

「跟以前吃過的親子蓋飯好像有點不一樣，不過還是好吃。」

「原來妳吃過啊？」

「應該是六十年前吧。味道的記憶也忘得差不多了，但品嘗之後就會想起來呢。」

「人類也是有什麼契機的話，就會意外地想起很久以前的事情喔。」

「對人類來說，六十年明明就很長吧……那麼，今天的這個味道，就算你們不在了我應該也還會記得。」

後來黎琳菈菈停下用餐的動作。

「雷德、莉特、媞瑟，還有亞蘭朵菈菈姑且也是。」

「怎麼了？」

黎琳菈菈維持坐姿，深深地低下頭去。她綁成一束的銀色頭髮隨之搖晃。

「我真的受了你們很多關照，這份恩情我絕對不會忘記。等到王位繼承的問題解決之後，我再重新向你們道謝。」

原來如此……她是為了說這個才過來的啊？明明是個海賊卻很重情義。

「我是『姑且也是』？」

「對，因為幫助朋友對高等妖精來說是理所當然的啊。」
「妳還真敢說，只有在對自己有利的時候才說是朋友。」
亞蘭朵菈菈露出苦笑然後揮揮手。
「不過妳說得沒錯，妳有困難我會幫妳是理所當然的。所以不用向我道謝也行。」
「我就覺得妳會這麼說。那麼，雷德。我該怎麼做才能報答你們？」
黎琳菈菈看著我這麼說。
「就算說要答謝我們，維羅尼亞離佐爾丹很遙遠吧？對抗魔王軍的戰爭現在仍在持續，也不可能讓妳這個海軍元帥離開崗位。」
「有恩必報就是妖精海賊團的作風。」
「薩里烏斯王子坐上王位之後，維羅尼亞也會加入阿瓦隆大陸聯合軍吧？對於同為阿瓦隆大陸居民的我們來說，這樣就夠了。」
「我們當然打算廢棄與魔王軍之間的互不侵犯條約。況且如此明言的話，為了坐上王位而能夠獲得阿瓦隆尼亞王國的支援嘛。我們欠的人情如果加入聯合軍就能一筆勾銷，那可真是十分值得的一筆交易。」
薩里烏斯王子也對黎琳菈菈的話語表示同意。
「會有這樣的結果都是雷德你們的功勞。你們的奮戰對人類來說是很大的助力，我覺得這是值得領取獎賞的功績喔。」

「我們只是想要守護我們居住的小小地區而已喔。那並不是什麼需要橫跨大陸來回報的功勞。」

「可是……」

「而且我想要的事物已經都到手了。」

我瞥了一下身旁。

莉特露出好像很幸福的表情，吃著我做的親子蓋飯。

黎琳菈菈答謝的時候她當然停下了動作，不過知道對話還要談一陣子之後，她就一副跟她無關的模樣繼續用餐。

「因為冷掉的話就太可惜了嘛。」

察覺我視線的莉特露出滿臉笑意地這麼說。

或許是因為她自己也是一名公主吧，她能毫不顧慮薩里烏斯王子也挺厲害的。

「也對，如果要答謝的話，就先專注在特地烹調的料理上頭吧。」

「原來如此，我這樣確實是失禮了，這件事就談到這裡吧。要是讓這道料理最美味的瞬間溜走的話，我可回不了維羅尼亞。」

就這樣，我們花了一段時間專心品嘗罕見的菜餚。

＊　＊　＊

兩天後。

佐爾丹港區碼頭——

雖說佐爾丹北部與東部都有巨大山脈阻擋，看向大海的話便有一片似是無限延展的藍色天空。今天吹著不符合冬季的溫暖強風。

「嗯，這風不錯。」

黎琳菈菈說。

「蕾諾兒王妃與兩名阿修羅惡魔都已消逝，我們有十足的勝算……不過，順從蕾諾兒的那些貴族事到如今不可能老老實實地聽我們的話。他們想必會提拔嫁去他國的王家血脈，主張復興舊王吧。」

「戰鬥才正要開始啊。」

「我們要動身的這一天吹的是順風。對行船人而言，沒有比這更好的吉兆了。」

黎琳菈菈看起來很開心。

今天是黎琳菈菈與薩里烏斯王子自佐爾丹踏上旅途的日子。

補給已經結束，最後剩下的船員們也在佐爾丹人不捨離別的歡聲下前往浮在海上的槳帆船。

或許是因為聽不慣其他國家的人們給予這麼多歡聲，行事有如海賊的士兵們有人害羞、有人含著眼淚，也有人好像很珍惜一般地擁著收到的手帕。

黎琳菈菈看見部下們這樣便露出了苦笑，不過她沒戴眼罩的左眼透露出十分溫柔的目光。

「這是個好城鎮，我絕對不會忘記……要過得好喔。」

看見本來在跟市長等人談話的薩里烏斯王子乘上船，黎琳菈菈也跟我們道別，然後移動。

若要跟黎琳菈菈他們再次見面，至少也得等到對抗魔王軍的戰爭結束才行吧。

也有可能以後都再也見不到面了。畢竟佐爾丹可是邊境。

「這樣就好了嗎？」

「嗯，這樣子就好了喔。」

我回過頭去，便發覺亞蘭朵菈菈與拄著手杖的米絲托慕婆婆以安穩的表情這麼說。

「現在不去維羅尼亞的話，恐怕就再也見不到葛傑李克了喔。」

「這我知道，不過沒關係。我們相遇，然後分別……那是很久以前就已經結束的故事。這次的事件並不是要清算我與蕾諾兒的過去，而是為了薩里烏斯王子還有佐爾丹的未來而戰。」

「確實說不定是這樣。亞蘭朵菈菈不跟黎琳菈菈打個招呼沒關係嗎？」

「嗯，我跟黎琳菈菈總有一天還會再見面。畢竟高等妖精的壽命比起人類稍微長了一點。」

「……這樣啊。」

船隻逐漸遠去。就算現在大喊，他們大概也聽不見了吧。

米絲托慕婆婆「呼」的一聲嘆了一口氣。

「我的故事到這裡就結束了呢。總覺得湧起了一股結束的實感哪。」

米絲托慕婆婆的嗓音有著好像很高興，又好像很寂寞的音色。

「接下來就是當個能在踏出第一步的冒險者背後悄悄地推上一把、加以引導的老婆婆，在佐爾丹這裡生活了吧。隊伍也正式解散，把B級的頭銜退回去，當個D級的冒險者好了。」

「救國英雄要變成D級冒險者嗎？」

「不然B級冒險者混在新人之中，感覺會很惹人厭嘛。」

「這倒是啊。」

米絲托慕婆婆聳了聳肩。

「啊——還有啊，我總覺得蕾諾兒他們好像講過一些跟你們的過去有關的事。」

「……嗯。」

米絲托慕婆婆笑了出來。

「我上了年紀又有點重聽，所以什麼都沒聽到喔。」

「這樣啊……謝謝。」

「別這樣，我沒做什麼需要道謝的事。如果要這麼說的話……」

然後她微微低下頭去，接著抬起臉來筆直凝視我的眼睛。

「謝謝你，雷德。多虧了你們，佐爾丹才會得救。」

「我們只是不想失去自己居住的城鎮，也不想失去觸手可及的朋友們罷了，一切都是為了自己。」

「說得也是。不過佐爾丹是個小國，這樣就足夠了……」

米絲托慕婆婆臉上露出笑容，她的那張臉好像比我們初次相遇時還要衰老少許。

「接下來就拜託你了。」

米絲托慕婆婆對我這麼說。

薩里烏斯王子與黎琳菈菈離開佐爾丹的這天，米絲托慕婆婆正式向公會提出解散隊伍的申請。

D級冒險者「隱士」米絲托慕。

她不會再跟大規模的事件有所關聯，不過能看見她阻止瞧不起哥布林之類的魔物而想要動身冒險的新人，還有她在新人們的第一場冒險中幫忙的模樣。

她平靜的晚年生活看起來很幸福，會讓人覺得那樣子的生活也不賴。

儘管也有些事物發生改變，但我們逐漸回到奮力守下的往常中——

與莉特、露緹一起回到日常生活。

＊　＊　＊

隸屬阿瓦隆尼亞王國軍的貨物帆船灰鷲號——

在響起雷鳴的雨勢中，船員們急忙奔走準備戰鬥。

「把弩砲排好！」

作為護衛隨行的船隻已經受到包圍而沒辦法行動。

落入敵人手中應該只是遲早的問題。

剩餘的戰力只有這艘船，不過由於物資滿載，這艘灰鷲號的戰鬥能力和逼近的海賊船相比並不高。

「可惡的維羅尼亞！」

身為船長、隸屬巴哈姆特騎士團的騎士——賈密男爵對著敵船大喊。

海賊利用阿瓦隆尼亞王國對於開戰有所猶豫的情形展開掠奪。

不過物資沒有順利運往前線，維羅尼亞僱用海賊的情報也在聯合軍各國首腦群之間傳開。

「那些渾球，他們的目的是要跟我們引發戰爭嗎！」

維羅尼亞國內還有不少貴族覺得應該要加入聯合軍。

不過聯合國要是先發出宣戰布告，維羅尼亞想必也只能站在魔王軍那邊。

「既然這樣的話，我們今天就更不可以輸在這裡！無論如何都得成功脫逃！」

弩砲放出鋼鐵箭矢。

然而對手可是前海賊的私掠船，他們打起海戰可是身經百戰的精銳。

只要黎琳拉拉被排除，他們就能執掌維羅尼亞海軍。

阿瓦隆尼亞王國軍的水兵們接二連三發射弩砲，不過敵方巧妙地操縱船身，避開了有效攻擊。

「可惡……！快點拔劍！要打近身戰了！」

維羅尼亞的各個船隻已經來到眼前。

但是打起近身戰的話，戰力較弱的己方沒有取勝的機會。

就在這時——

「船長！後方有船過來了！」

「什麼！」

船員的報告讓賈密男爵急忙看向船後。

他看得出來雨勢的另一頭有一道巨大的影子逐漸接近。

「那是維羅尼亞的槳帆船？到底是什麼時候繞過去的！」

退路被堵住了。

賈密男爵持劍的手發起抖來，他咬緊了牙根。

已經回天乏術了。

然而，槳帆船的速度並沒有減慢，通過了賈密男爵搭乘的帆船側邊。

「我們是維羅尼亞王國海軍！現在開始要討伐那群海賊！」

站在船頭的是戴著眼罩的高等妖精。

槳帆船堅固的撞角刺進維羅尼亞海賊船的船頭側面。

破裂的聲響傳出，海賊船逐漸歪向一邊。

「搞、搞什麼啊！為什麼同夥會襲擊我們！」

海賊們感到既驚嚇又混亂。

襲擊過來的槳帆船揚著維羅尼亞王國的紋章。

乘在船上的是維羅尼亞海軍元帥黎琳菈菈。

海賊們還搞不懂發生什麼事就被抓起來，一下子就投降了。

「到底發生了什麼事啊？」

賈密男爵也一樣陷入了混亂。

這時一名伴隨護衛的男性從槳帆船上輕巧地跳到灰鷲號的甲板上。

皮膚曬得黝黑的男人露出白牙笑了出來。

「你們沒事太好了，我是維羅尼亞王國的薩里烏斯王子。」

「竟然是維羅尼亞的王子！不、不好意思，失禮了。我是阿瓦隆尼亞王國巴哈姆特騎士團的巴卡斯．賈密。沒想到竟然能在這樣的地方遇見王子，讓您見到醜態真的十分抱歉。」

「你是賈密閣下啊。能像這樣在寬闊的海上和偉大的巴哈姆特騎士團的騎士一同戰鬥，我感到很高興。」

「是、是。」

賈密男爵心裡仍然一團亂。

襲擊自己和同夥的應該是維羅尼亞僱用的海賊才對。

然而在絕境中出手拯救的也是維羅尼亞王國的海軍和王子。

搞不清楚到底發生了什麼事，賈密男爵與阿瓦隆尼亞的士兵們都很困惑，並且保持著警戒。

看見他們那樣，王子開口說：

「我的維羅尼亞與閣下的阿瓦隆尼亞王國之間確實不是同盟關係。可是，現在人類正與魔王這種最大的威脅戰鬥。這艘船的物資，是要運給為人類戰鬥的士兵們吧？」

「對、對，您說得沒錯。」

「既然如此，出手相助才是正道。」

「……這是王子您個人的判斷嗎？」

「總有一天會是整個維羅尼亞王國的意思。賈密男爵啊，希望你回到王都之後能傳達：我拿到王冠的那一刻，維羅尼亞王國必定會加入聯合軍。」

賈密男爵懷疑自己的耳朵。

不過薩里烏斯王子的表情充滿自信，讓人不覺得那是謊言。

賈密男爵感覺自己心裡充滿希望。

這一天迎來了改變人類結局的轉機。

維羅尼亞王國原本應該是幫助魔王軍。

該國的王子薩里烏斯・渥夫・維羅尼亞卻明言要加入聯合軍。

人類終於要團結一心，對魔王軍的侵略展開反擊。

這樣一來魔王軍也會退卻，需要重新構築前線吧。

想必也會有許多受到占領的土地和國家得到解放。

賈密男爵的船隻後來平安抵達目的地的聯合軍據點。

靠著送到的物資，有許多飢餓的士兵與受傷的士兵獲救。

而且不只是賈密男爵的船隻，從南方繞行的運送船也不再需要煩惱來自維羅尼亞王國的襲擊。對抗魔王軍的戰爭逐漸邁向嶄新的局面。

＊　＊　＊

「「歡迎光臨。」」

位於佐爾丹平民區的雷德&莉特藥草店。

進入店門後，就會有兩人開朗的聲音迎接。

在這間店裡頭，整理過的藥物排列在感覺不錯的櫃子裡，也有一張尺寸雖小卻描繪了美麗風景的水彩畫作為裝飾。

如果拿藥過來的話，店主雷德想必會非常詳細地加以說明。

如果有在尋找的藥，莉特想必一下子就會找出來。

買了藥之後悄悄窺視店裡的話，想必能看見他們倆開心似的分享喜悅的模樣。暫且不論決定世界結局的故事，雷德與莉特今天也過著幸福的慢生活。

尾聲

來，開始勇者的冒險吧

聖地萊斯特沃爾大聖砦——

整座山化為堡壘聖都，是對於邪惡永不退縮的象徵。

過去勇者露緹遇上「十字軍」蒂奧德萊的地方。

在神確實存在的這個世界上唯一的宗教——聖方教會的總部。

那就是這個萊斯特沃爾大聖砦。

在聖地一角鋪有高價紡織品的房間牆上掛著一幅圖畫，畫中描繪上一代勇者與魔王戰鬥的場面。其房間裡有兩個男人在對話。

「我的報告到這裡結束。」

這麼說的人是佐爾丹的席彥司教。

他報告的對象是身高約莫超過兩公尺的魁梧男人。

劉布樞機卿那張大臉浮現看似敦厚的笑容，同時把報告書放到桌上，然後看向席彥司教。

「我知道了，看來事情平安解決了，令人非常高興。那就撤回對維羅尼亞王國的宣戰布告吧。」

「謝謝您！」

席彥司教真心鬆了一口氣——避免人類與人類之間的戰爭。

席彥司教達成對於邊境的聖職者而言實在過於沉重的責務。

「不過，你來到這裡顯得十分憔悴哪。考量到司教達成的責務，會這樣或許也是莫可奈何……不過在這個狀態下旅行回到佐爾丹想必會很艱辛，還是在萊斯特沃爾療養一陣子比較好。」

「劉布猊下，非常感謝您的關心。可是我想儘早回去佐爾丹，幫助因為戰爭而不安的信徒們。」

「你真是司教中的典範，讓你待在邊境真是太可惜了。我知道了，那你明天就踏上旅途應該比較好吧。我馬上幫你安排旅行所需要的物資。」

「對我這樣的小人物耗費這麼多心力，我打從心底感謝您。」

席彥司教深深地低頭行禮，然後離開了房間。

「嘖！」

樞機卿臉上的笑容消失。

他粗暴地打開抽屜後，拿出一根維羅尼亞產的雪茄點了起來。

「呼——」

劉布樞機卿身型魁梧，甚至有人謠傳他家譜中的某一段混入了巨人的血脈。

樞機卿的大嘴吐出大量的煙，其煙霧足以讓房裡的空氣汙染成白色。

「明明只差一步了。」

與維羅尼亞王國之間的戰爭被化解了。

就算是擁有絕大權力的劉布樞機卿，失去開戰的理由就不能要求進行侵略戰爭。正當樞機卿露出極度不快的表情吸著雪茄時，房內響起了敲門聲。

「劉布先生。」

「啊啊，梵少年。我等你很久了，快進來吧。」

進入房裡的是差不多年過十五的少年。

以青色為基礎色調的鎧甲上，刻有紅色的勇者紋章。

佩在腰際的劍是勇者應當持有的降魔聖劍的複製品。

雖然是複製品，那也是用教會保管的英雄之劍熔鑄而成的最新人造聖劍。少年的姿態和牆上畫中的上一代勇者外貌十分相似。

「與維羅尼亞王國之間的戰爭被化解了，作為勇者的旅途要延期了。」

樞機卿把吸到一半的雪茄按在煙灰缸上這麼說。

「這樣啊！」

「你看起來挺高興的呢。」

「不好意思。不過，我覺得人與人之間不用流血就能解決問題是一件好事。」

少年慌張地闡明想法。

樞機卿對於少年的純樸露出苦笑。

不過他就是得這樣才行。因為勇者不能沾上汙穢。

「這是當然。雖然勇者踏上旅途的計畫泡湯令人困擾，但就像你說得一樣，這對人類來說是值得高興的事情。」

「是的！」

少年點了點頭說：

「在魔王軍這種邪惡面前，人類之間的戰爭是難以忍受的怠惰。」

「戰爭是怠惰嗎？」

「對，是怠惰，而且怠惰就是罪惡。人類的生命應該只花費在與魔王的戰鬥上，其他活法或死法都是怠惰，既沒有意義也沒有價值。因為那就是戴密斯神的旨意啊！」

少年帶著澄淨的眼神這麼吶喊。

樞機卿看起來很滿足似的點點頭。

「勇者就該這樣。」

勇者梵——

劉布樞機卿發現的另一名勇者。

梵是一名虔誠的教徒。

他毫不質疑教會的話語，只要是為了實行至高神戴密斯的教誨，就能夠消耗自己與他人的性命。

看見少年閃耀的目光，樞機卿便覺得自己撿到了很棒的人才，在心中暗自竊笑。

「那個，劉布先生。」

「怎麼了？」

「既然沒有了與維羅尼亞之間的戰爭，我覺得我還是應該先前往對抗魔王軍的前線，盡好勇者的職責。」

「不可以那麼著急。你需要先累積實力，得到配得上勇者名號的力量。聖典裡頭也寫到，讓加護等級提高是勝過一切的善行吧？」

「……是的。」

「儘管我之前覺得，比起抵禦惡魔，對抗維羅尼亞王國的士兵們比較適合提高加護等級就是了。」

樞機卿原本計劃讓梵在對抗維羅尼亞王國的戰爭中率領教會的聖堂騎士們大展身手，藉此提高加護等級並光輝榮耀地宣揚自己勇者的身分。

「不過這想必也是戴密斯神的旨意吧。」

看著表情看似不安的少年，樞機卿的大臉浮現笑意。

「雖說如此，你還是先停止對抗怪物、提高加護等級的修練吧。我為你準備了新的計畫。」

「有新的計畫嗎！」

「這次維羅尼亞的紛爭也為我們帶來了意料之外的機會。這一定是來自戴密斯神的天啟。」

「天啟……那麼，我到底該做什麼才好？」

樞機卿從抽屜裡拿出地圖攤開。

「目的地是這裡。」

「這裡是……佐爾丹？」

「沒錯，佐爾丹共和國。是和維羅尼亞戰爭過的邊境小國。」

「不過這裡跟對抗魔王軍的前線是反方向。」

「維羅尼亞國王從暗黑大陸帶回來的魔王船文狄達特號可是在這裡擱淺了喔。」

「魔王船！是劉布先生說過，靠煤炭來行駛的船隻嗎！」

對於未知的技術，少年眼神發亮。

「沒錯。你要取得魔王船，讓它成為勇者船。鋼鐵戰艦想必會給士兵們帶來莫大的勇氣。」

「可是擱淺的船該怎麼處理？」

「為了這個，我們要打倒南方叢林中的比蒙，拿到比蒙戒指。不過在那之前，為了在叢林中行進，我們得先找到帶路的仙靈才行。你就先前往能收集情資的交易都市聖安里克吧。」

樞機卿對少年說明冒險的概要。

沒有看過的土地還有令人雀躍的冒險預感令少年散發出閃亮的光采。

「太棒了！真令人期待！」

「你能這麼勇敢真是太好了。不過，我之前隨你同行的部下們應該沒辦法承受這次的冒險。」

「要跟大家在這裡道別了啊……」

為了累積勇者梵的加護等級，樞機卿安排了下屬中頂級的「神聖騎士」與「高等祭司」……不過她們之中已經出現了三名犧牲者。

梵要在短期間內面對高等級的怪物。不過劉布就算身為樞機卿，要是再繼續失去教會的兵力，畢竟還是會危害到自己的立場。

所以樞機卿才僱用了傭兵。

樞機卿「喀啷喀啷」地敲響鈴聲。

緊接著就有一名女騎士進來。

她雖然留著一頭滑順的黑髮，面容卻被面具給隱藏了起來。

「梵勇者閣下，我叫愛絲葛菈妲。我是會在你的冒險中同行的流浪騎士，希望你能叫我愛絲妲。」

聽見愛絲妲的名字，梵驚訝地提高音量。

「愛絲妲！難道妳就是擊退水之四天王亞托拉的那位覆面騎士愛絲妲大人嗎！」

在對抗魔王軍的戰爭中，突然加入戰局的覆面騎士愛絲葛菈妲。

雖然是身分不明的傭兵，卻在集合全大陸英雄的戰場上有著頂尖的表現，是令曾為總大將的魔王軍四天王亞托拉身受重傷、將其逼退的英雄。

儘管聽說全世界的君主都想要招攬她，但她拒絕了一切邀約，以一介傭兵的身分持續戰鬥。

「敬稱就不必了，我只是個沒有主人的騎士……話說回來，梵閣下難不成是弗蘭伯格王國出身？」

「妳知道我嗎！是的，我就是弗蘭伯格王國的第八王子梵·渥夫·弗蘭伯格。」

弗蘭伯格王國位於大陸西岸，是最先受到魔王軍毀滅的國家。梵正是該國最後的遺族，因為在國外的修道院進修才得以逃過一劫。

「亡國王子成為勇者，而這一切都是神的旨意，神的慈愛就連我這個聖職者也感到很驚訝。」

樞機卿站起身子。

「好了，開始冒險的準備吧。勇者、騎士，以及僧侶……和上一代勇者的旅程一樣是三個人。」

「僧侶？」

「我當然也會同行。」

樞機卿這麼說並笑了出來。

「劉布先生也要同行嗎！」

「哈哈，我以前也以異端審問官的身分對抗過許多的邪惡，一定能為勇者派上用場的吧。」

「您說這話太客氣了！劉布先生能一起來讓我感到非常放心！」

勇者梵牽起劉布樞機卿與騎士愛絲妲的手，天真無邪地笑了出來。

毫不懷疑神的正義的亡國勇者、燃燒著野心與盲信的樞機卿。

在那兩人面前隱藏表情的覆面騎士。

（哎呀呀，這下可麻煩了。）

在面具之下，愛絲妲的內心困擾至極。

＊　＊　＊

愛絲妲獨自一人通過坡度傾斜的小路回到旅店。

建在斜面上的小型旅店乍看不太乾淨，卻是異端審問官認可的高階人士住所，施有強大的抗魔法對策。

這是一般人不曉得的場所，不過在這裡長大的愛絲妲卻十分清楚。

愛絲妲對冷淡的店主打了聲招呼後便回到房間。

「歡迎妳回來，愛絲妲。那麼，樞機卿的動向如何？」

在房裡等著她的是義手劍士——

「英雄」亞爾貝。

「情資內容果然沒錯。樞機卿擁有勇者，正打算前去佐爾丹。」

「那麼……」

愛絲妲兩臂環胸，眉頭緊鎖。

「假如梵大人遇上露緹大人，事情想必會一發不可收拾。為了他們好，應該要避開那種狀況。」

「說得也是呢。」

「亞爾貝，不好意思。你能不能比我們早一步前往佐爾丹？我希望你能先把這些事告訴雷德大人。假如名目是要護衛返國的席彥司教，你就算個別行動應該也不會讓人懷疑。我就依照原本的計畫，與梵大人一同行動。」

「我知道了。」

亞爾貝點點頭。接著他提出一個問題：

「勇者梵是真正的『勇者』嗎？」

「不曉得。我沒有像艾瑞斯大人那樣的『鑑定』技能，也沒有雷德大人那種超人般的洞察力與知識。」

雷德光是看動作就能說中對手的加護和等級，但那是別人不可能達成的技藝。

「可是……他很強。」

「看在愛絲妲小姐眼裡也很強嗎？」

「怪不得那個劉布樞機卿能把他捧成『勇者』。我也稍微跟他過招過……他討伐過大型龍種的事情應該也是真的。」

「既然如此，他應該早就是英雄級別的人物了吧？為什麼不去對抗魔王軍的戰場上戰鬥呢？」

「樞機卿似乎為了提高加護等級而讓勇者進行戰鬥。畢竟在對抗魔王軍的戰場上不曉得會出現什麼樣的對手。」

「……該怎麼說，那跟我想像的英雄並不一樣。」

「樞機卿的目的並不是援助『勇者』來拯救世界，而是對拯救過世界的『勇者』提供援助的實績。也是有他不是為拯救世界做出最好的決定，而是為勇者的勝利做出最好的決定這種思考方式。」

「就是所謂塑造出來的英雄嗎？」

「不過梵被認為是『勇者』也只過了半年，以修行期間來說可說十分短暫喔……就算跟露緹大人相比，成長速度也是梵比較快。」

露緹是在對抗魔王軍的戰鬥中提高加護等級，梵則是為了提高加護等級而讓人準備最適合的冒險。兩者雖然沒辦法單純地比較……然而梵的成長速度還是不正常。

「我遇見露緹大人的時候，她的強大便已趨於完美；不過勇者梵都已經那麼強了，他的精神與技術卻都還在發展階段——將來的成就令人畏懼。」

兩人現在對戰的話，愛絲妲八成會獲勝……然而——

「總有一天我會被他追過，僅憑我無法取得勝利。與他直接過招之後，我有這樣的預感。」

「這麼說，他果然是『勇者』吧？」

「不過他在精神層面與露緹大人完全不同。露緹大人有著與人類隔絕的部分，但梵的思想是很常見的那種戴密斯狂熱信徒……這部分讓我感到不安。」

雖然愛絲妲與擁有「勇者」加護的露緹旅行過好一陣子，但她對「勇者」加護一點也不了解。

「在目前的紀錄與傳說中應該沒發生過有兩名『勇者』的情形。假如『勇者』們相遇，不知道事情會變得怎麼樣。」

如果可以，希望能讓露緹內心安穩地過著生活。

愛絲妲如此祈願，然而……

「光是祈願的話，戴密斯神並不會把力量借給我們。既然這樣，我們就只能付諸行動了。」

「說得也是。雖然只有微薄之力，但我會盡力幫忙。」

「謝謝你，亞爾貝。有你在真是幫了大忙。」

勇者梵還需要一段時間才會抵達佐爾丹，不過他總有一天會抵達。

因為在這個無處不是戰場的世界，現在也仍然需要「勇者」。

後記

非常感謝翻閱本書的各位讀者！我是作者ざっぽん。

與各位一同閱讀、一同進展的這個故事終於也來到第七集了喲，是第七集。

現在回顧起來，真的是走了一段很遠的路。說到出了七集以上的系列作品，就能舉出許多優秀的作品呢。我寫的故事也能列入那些優異的作品之中，令我感到十分光榮。

第一集是雷德與莉特開始慢生活的故事。

到第四集為止是勇者得到拯救的故事。

第五集是與分別的夥伴重逢的故事。

然後第六集與這本第七集是勇者不去拯救世界之後所發生的故事。

雖然露緹因為勇者加護而被迫犧牲自己的人生去拯救世界，不過她得到解放之後世上就沒有勇者了。

對露緹而言，勇者並不是她自己想要接下的職責；不過露緹不當勇者之後，應當由勇者解決的問題仍然存在。這次維羅尼亞王國的騷動，本來也是勇者闖進維羅尼亞王宮之後應該就能解決的問題。

露緹不繼續當勇者到底是不是罪過呢？是不是因為露緹在佐爾丹過著慢生活，才讓許多人陷入不幸呢？

就算背負世界命運的只有勇者一個人，還有許許多多的人背負著更小的國家、城鎮與家庭的命運。只要他們在各自的位置上付出所有心力、做出最好的抉擇，就算不去犧牲勇者也有辦法拯救整個世界。

那就是在佐爾丹這個小小的邊境所發生，僅發生一天的戰爭結果。

與蕾諾兒之間的戰鬥也在此結束，第八集開始會進入新篇章，而我同時也有一個新消息要告訴大家！

多虧各位讀者的支持，《真正的夥伴》確定要推出外傳小說（註：本文所指皆為日本當地的販售狀況）了！

標題預定會是《雖然不是真正的夥伴，但我為了勇者妹妹變強了（暫譯）》。

本傳故事是描述雷德他們結束冒險過著慢生活，外傳故事則是描述他們在旅程中發生的事情。

可以說是「一開始很強卻在途中脫隊的夥伴」的全盛期，勇者冒險序幕的故事。

現在是人類最強的勇者露緹，踏上旅途的時候也是等級1。

當時她只是個很喜歡哥哥的女孩子，能夠和分開一陣子的吉迪恩一同旅行，純粹沉浸在幸福之中。

勇者的旅途雖然有許多辛苦的事情，卻是露緹能夠盡情對吉迪恩撒嬌的時光。吉迪恩守護著露緹，露緹則不是為了世界，單純是為了跟哥哥在一起而努力。

雖然不是慢生活，但預定會是高純度的兄妹故事。

儘管定位是外傳，但故事發生在第一集之前，會是沒有看過本傳也能毫無障礙閱讀下去的小說。要從頭開始閱讀集數長的系列需要不少毅力，不過外傳的話就可以先從這一本開始輕鬆閱讀。

有漫畫版、廣播劇ＣＤ、有聲書與外傳小說等，希望各位今後也多多關照不斷擴展的《真正的夥伴》系列！

然後本傳的下一本是第八集。

與維羅尼亞王國之間的騷動結束，佐爾丹恢復和平。

季節由冬天轉為春季，來到夏天一片懶散的佐爾丹人也會認真工作的季節。不過在冬季期間工作過的雷德等人，將會在森林裡露營或是跑去鄉下旅行，充分享受慢生活。

我會努力讓下一集也是充滿歡樂的故事！

這次也少不了各方人士的鼎力相助。

雖然每一張插畫都很棒，不過代表騷動結束，尤其是封面那張雨勢止歇而充滿開放感的插畫真的非常棒。非常謝謝やすも老師！

設計人員、校正人員、印刷廠的各位人士，以及與本書有關的每一個人。這本書能夠出版都要多虧大家的幫忙，真的非常感謝各位。

責編宮川編輯，終於來到第七集了呢！

兩位數集數感覺也不遠了。我們兩人製作的這套書能有許多讀者閱讀，真的讓我感到很開心。謝謝您！

然後今後也拜託您多加關照了！

最後，我非常開心這個故事能送到閱讀本書的您手上。

若是這本書能讓各位讀者獲得快樂的閱讀時光，就是身為作者最至高無上的喜悅。

2020年　寫於十分靜謐的雨天　ざっぽん

我是負責繪製插畫的やすも。
這次也畫得很開心！
今後也請大家多多關照。

因為不是真正的夥伴
而被逐出勇者隊伍，
流落到邊境展開慢活人生

Banished from the brave man's group, I decided to lead a slow life in the back country.

國家圖書館出版品預行編目資料

因為不是真正的夥伴而被逐出勇者隊伍，流落到邊境展開慢活人生 / ざっぽん作；李君暉譯．-- 初版．-- 臺北市：臺灣角川股份有限公司，2021.11-

冊；　公分．-- (Kadokawa fantastic novels)

譯自：真の仲間じゃないと勇者のパーティーを追い出されたので、辺境でスローライフすることにしました

ISBN 978-986-524-948-9(第 7 冊：平裝)

861.57　　　　　　　　　　110015567

Kadokawa
Fantastic
Novels

因為不是真正的夥伴而被逐出勇者隊伍，流落到邊境展開慢活人生 7

（原著名：真の仲間じゃないと勇者のパーティーを追い出されたので、辺境でスローライフすることにしました 7）

2021年11月24日　初版第1刷發行

作　　者：ざっぽん
插　　畫：やすも
譯　　者：李君暉

發 行 人：岩崎剛人
總 編 輯：蔡佩芬
編　　輯：彭曉凡
美術設計：李思穎
印　　務：李明修（主任）、張加恩（主任）、張凱棋

發 行 所：台灣角川股份有限公司
地　　址：104台北市中山區松江路223號3樓
電　　話：（02）2515-3000
傳　　真：（02）2515-0033
網　　址：www.kadokawa.com.tw
劃撥帳戶：台灣角川股份有限公司
劃撥帳號：19487412
法律顧問：有澤法律事務所
製　　版：巨茂科技印刷有限公司
ISBN：978-986-524-948-9

SHIN NO NAKAMA JANAI TO YUSHA NO PARTY WO OIDASARETA NODE,
HENKYO DE SLOW LIFE SURUKOTO NI SHIMASHITA Vol.7

First published in Japan in 2020 by KADOKAWA CORPORATION, Tokyo.
Complex Chinese translation rights arranged with KADOKAWA CORPORATION, Tokyo.